時空調查科 ⑫

誓保梵高名畫

關景峰 著

新雅文化事業有限公司
www.sunya.com.hk

時空調查科

阿爾法小組

—— 人物介紹 ——

凱文

特工代號：051

年　　齡：13歲

組內擔當：分析大師

特　　長：IQ極高，分析力超強，
多謀善斷

最強裝備：萬能手錶

萬能手錶

具備通訊、翻譯、搜尋、地圖
等等功能，還能按需要升級更
新其他功能。

張琳

特工代號：059

年　　齡：13歲

組內擔當：攻擊大師

特　　長：擁有驚人的戰鬥力，對各種
　　　　　武器都運用自如

最強武器：先鋒寶盒

先鋒寶盒

可變化成霹靂劍、迴旋鏢和流星錘三種武器的神奇寶盒。

西恩

特工代號：056

年　　齡：12歲

組內擔當：防衛大師

特　　長：能針對不同攻擊使出各種防禦
　　　　　力強大的招式

最強招式：防禦盾、防禦弧

防禦盾

原為硬幣般大小的鐵片，使用時會變大成圓形盾牌。

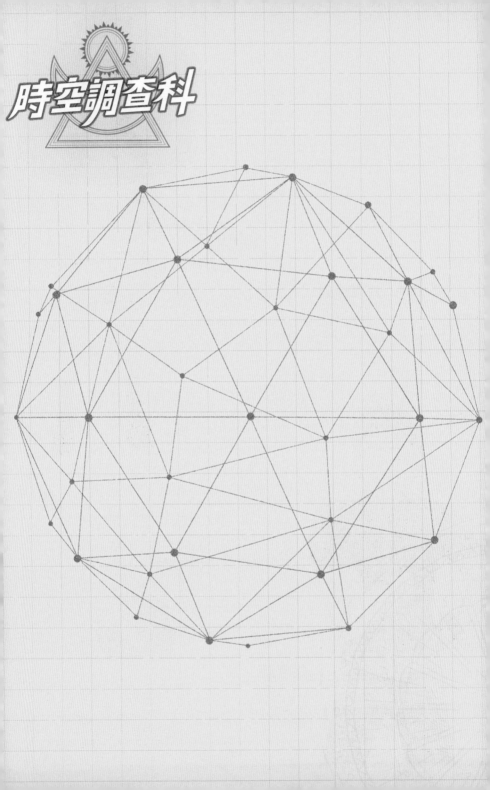

目錄

CHAPTER 1

來到安特衛普

「……好，現在的價格是八千一百五十萬，還有出價的嗎？」影片中，一個拍賣師一手拿着拍賣槌，另一隻手揮舞着，他略有緊張地看着現場參加拍賣的人羣，人羣顯得都很興奮。

拍賣師身後不遠處，有一個畫架，畫架上有一幅油畫，畫着一個用手拄着頭的男子，拍賣師身後的投影熒幕上，有一行字：《嘉舍醫生的畫像》梵高，再旁邊是價格：八千一百五十萬美元。

一個人突然高舉手中的拍賣號牌，他頓時成為了全場的焦點。

「好，這位先生加價了，現在的價格是八千兩百萬了。」拍賣師指着那個高舉號牌的人，「請問還有加價的嗎？」

現場出現了片刻的寧靜，人們開始四處看，尋找下一個加價的人。

突然，有人舉起了號牌，拍賣師像猛獸尋找獵物一樣發現了他。

「這位先生舉牌了，八千兩百五十萬……還有加價的嗎……」

所有人都盯着那個舉牌的人，不少人開始竊竊私語。

「八千兩百五十萬元，一次……八千兩百五十萬元，兩次……」拍賣師很是渴望地環視着現場，現場一片寂靜，「八千兩百五十萬元，三次……成交……」

拍賣師敲下了拍賣槌，現場頓時響起一片掌聲。

諾曼先生關閉了電腦影片的畫面。我們剛才看的是當年拍賣現場的錄影片段。我、張琳和西恩看完錄影後，相互間又看了看。

「這是1990年的拍賣？」我確認地問諾曼先生。

「1990年5月，紐約佳士得。」諾曼先生點點頭，「八千兩百五十萬美元，這是當時的天價，打破梵高畫作拍賣的最高紀錄，現在應該價值兩億美元。」

「這能把這個總部買下來了吧，應該能買好幾個。」西恩感歎地説，「梵高的畫，太貴了。真是世界最頂級的大畫家呀！」

「這畫⋯⋯和我們有關係？」張琳謹慎地問道。

「毒狼集團已經策劃穿越到1886年初比利時的安特衞普，他們要派出一個人，偷取一幅梵高的畫，然後帶回到現代並賣出，估計會私下賣給收藏家，所獲得的資金可以想見，絕對是一筆巨資。這筆錢將用做他們的犯罪經費，這對社會的危害是極其巨大的。」諾曼先生看着我們三個，「梵高作品

價格高昂，所以偽作很多，各個拍賣行對梵高作品的真偽也都很關注，私人收藏家也是，但是毒狼集團要是偷回來一幅，絕對是正品呀……所以，你們應該知道任務是什麼了。」

「明白了，我們要阻止這樣的事發生。」張琳先是點點頭，但隨後想到了什麼，「可是穿越法則對所有穿越的人都是有約束力的，帶這樣一幅畫過來，是無法完成穿越的，攜帶者不知道會被拋到什麼地方去呢，非常危險。」

「大的物品一定帶不過來，但是，一些細碎的物品，是可以帶過來的。」諾曼説道，「我們的技術組分析過了，毒狼集團的那個人，很有可能把畫裁切成很多碎片，攜帶過來，然後進行恢復。高級的油畫修復師，完全可以把碎片拼接起來，價格上可能要打些折扣，但仍是一筆巨資。」

「原來是這樣。」西恩恍然大悟，「諾曼先生，那我們這就穿越過去，阻止那個人，絕對不能

讓他偷到梵高的畫。」

「大畫家梵高盡人皆知，他生前窮困潦倒，作品從不被人認可，沒有什麼大房子儲藏室存放他的畫作呀，所以偷到他的一幅畫可太容易了，我怕他們派出的那個人已經行動而且得手了。」我有些擔憂地說。

「根據我們的線報，準備實施穿越偷盜的人馬上就要出發了，所以我立即叫你們來，你們先穿越過去，接近梵高，生活在他身邊，等那人偷竊的時候，抓住他。」諾曼先生語氣堅決地說道。

諾曼先生給了我們那份線報的資料，我們掌握的資訊其實並不多，僅僅知道有人要穿越到1886年的2月中旬。當年梵高三十三歲，在安特衞普的皇家美術學院學習。那一年，梵高僅僅是在1月份到3月份在安特衞普，3月底就去巴黎了。這段時間梵高獨自生活，是個學生，活動圈極其簡單，穿越偷盜下手容易，所以毒狼集團選擇這段時間下手。

我們回到辦公室裏，仔細查閱了梵高的歷史經歷，梵高其實在1885年11月就已經移居安特衞普了。這個未來名震世界的繪畫大師，當時買畫筆和顏料的錢都沒有，每天只吃麵包，好在弟弟給他寄了一些錢，他才能勉強維持生活，並去投考美術學院。

「他當時住在伊馬日路194號，一家美術用品店的樓上，每天都去皇家美術學院上課。」西恩看着資料，「那麼，我們落地點在哪裏？是去美術學院還是他家裏？」

「美術學院吧，我們可以以旁聽學生的身分接近梵高，然後再觀察有什麼人刻意接近梵高。」

「要是毒狼集團那個穿越者直接去伊馬日路194號梵高的家偷畫怎麼辦？」張琳突然問道。

「這樣倒簡單了，因為我們應該是先行到達，那人要是來梵高家偷畫，那就可以直接確定那個人是穿越者了。」我說道，「我們穿越過去後，儘快

找機會盯住梵高的住處，嚴防毒狼集團的穿越者直接偷畫。」

我的辦公桌上，放着三套即將穿越的目的地當年的服裝，還有當時的貨幣。我們換上了衣服，相互看了看，我們成了十九世紀末比利時的孩子了。

我們來到辦公室前的空地上，背靠着背，手挽在了一起。我抬了抬手，亮出了萬能手錶。

「總部時空隧道管理員，我是阿爾法小組051號特工，我和另外兩個同事申請開啟穿越通道，請輔助我們實施穿越。」

「我是21號時空隧道管理員，請問穿越方式。」手錶裏一把聲音問道。

「定時定點穿越。」

「穿越的時間和地點？」

「西元1886年2月15日中午12點，比利時安特衞普市皇家美術學院旁。」

「同意穿越，你們落地時間為當地時間中午

12點，你們需要特別留意以下事項：一，不許從穿越地帶回除任務要求外任何物品。二，不許改變歷史。三，不許利用已經獲得的歷史知識進行任何非幫助完成任務的行為。」

「明白。」

「五秒鐘後穿越通道開啟，請站穩！五、四、三、兩、一。」21號管理員說道，隨即，一個若隱若現的巨大管道出現了，這就是穿越通道。

穿越通道大概有四、五米長，我們邁步進入管道，隨後站穩在裏面，站穩後幾秒鐘，「轟——」的一聲，一道橘紅色的閃光從我們三個人身上滑過，剎時間，我們就消失在了穿越通道中。

我們被拋進時空隧道之中，前進的速度非常快，我們的身體承受着巨大的壓力，我們努力調整着飛行姿態。

「唰——」的一聲，我突然感到一切都停止了，這次穿越的時空距今比較近，穿越很快就結束

了。

我們站在一條街道旁，不遠處有一座高大的建築，那就是安特衛普的皇家美術學院。

「穿越成功。」我的手錶裏傳出21號管理員的聲音，「你們的北面一百米處就是皇家美術學院。祝好運。」

「謝謝。」我連忙說道。

街道上，行人三三兩兩地走着，沒人關注我們，我們就是在街邊三個不起眼的孩子。

「我們去美術學院裏，找到梵高的教室，我們可以當旁聽生，這樣也就是梵高的同學了。」我已經構想出一個計劃，看看張琳和西恩，「我們要分辨出毒狼集團的那個穿越者，也要提醒梵高保護好自己的畫作。無論如何，不能讓那個穿越者把畫偷走，這可是真跡，如果賣出會獲得巨大的資金，而這些資金將全部變為犯罪資金。」

「當旁聽生很好，我正好也可以提高一下我的

繪畫水準。」西恩很是滿意地說，「你們可能不知道，如果不當特種警察，我現在一定是一個名滿世界的大畫家了。我的作品《公園裏的樹》，曾經獲得過我們幼稚園大象班全班第一名的好成績。」

「噢，你可真好意思說，幼稚園的成績也拿出來說。」張琳有些嘲諷地說。

「不是這樣的，你理解錯了。我是說我從小就有這樣好的成績，如果發展下去，我一定能成為一個大畫家，和梵高也差不了多少。」西恩有些着急地解釋說。

「好了，大畫家，我們進去吧。」我已經站在了美術學院門口的台階上，看了看西恩，「我們去認識下梵高。」

因為是中午的時間，學生們應該都去吃午飯了，美術學院的門口進出的人不多。我們走進了美術學院，安特衞普市不算大，這個美術學院內部也不算大。

我們進去後，來到一個空蕩蕩的走廊前，我們也不知道梵高在哪個教室上課。

轉角有個人低着頭，認真地掃地。我們連忙走過去，向他詢問一下美術學院的情況。

「你好，請問1896年春季油畫班在哪裏？」我站在那人面前，問道。

「最裏面，左手倒數第二個教室。」那人看都不看我，只顧低着頭掃地。

「謝謝。」我連忙說，說着就向裏面走去。

「梵高在那個班嗎？」西恩說道，不過隨即擺擺手，跟着我向裏面走去，「算了，打掃衛生的工人，你不會認識他的。」

「我就是梵高。」那人忽然說道，「你們來找我嗎？」

我已走遠幾米了，聽到這句話，我當即就愣住了，西恩和張琳也都一樣。

CHAPTER 2

掃地的梵高

　　那人抬起了頭，我也仔細地去看，和我們來之前看到的梵高自畫像一樣，他就是梵高。只不過面對一個真實的人，和畫面上由豐富色彩塑造的那個梵高相比，有一種說不出來的感覺，而且剛才他基本都是低着頭的。

　　「梵高……先生嗎？」我有些顫巍巍地說，我們終於看到了舉世聞名的大畫家了，「你好，很高興認識你，我們是來這裏旁聽的，聽說你在這裏，我們太欣賞你的作品了，真是偉大的作品……」

　　「是嗎？你們欣賞我的作品？真是太奇怪了。」梵高一臉好奇，「很多人都說我的作品什麼都不是，你們居然欣賞我的那些畫，你們在什麼地方看到我的畫？」

「很多地方，我最喜歡《星空》，色彩衝擊力太強烈了……」西恩脫口而出。

張琳猛地拉住了西恩，壓低了聲音。

「你是怎麼看資料呀，《星空》是三年後的作品，他都不知道會有《星空》這樣的作品呢。」

「不知道你們在説什麼……」梵高疑惑地看着西恩。

「啊，梵高先生，我們就是很仰慕你，我們知道你的畫法……是那麼的與眾不同。」我連忙去幫西恩的話遮掩，「我們都喜歡畫畫，我的朋友的作品在幼稚園時期就獲得過大獎，我們非常高興能認識你。」

「噢，還有人想認識我？」梵高自嘲地笑起來，「不過也難怪，幾個孩子要認識我，大人們從不把我當回事，好吧，我也很高興認識你們。」

「我叫張琳，他叫凱文，他叫西恩。」張琳聽到這話，搶着自我介紹説，「我説梵高先生，你怎

麼在這裏掃地？你不是這裏的學生嗎？」

「中午打掃衞生，一個月給我二十法郎，基本上是我一個月的伙食費了。」梵高説，「我沒錢，現在全靠弟弟接濟，但不能總是靠他。」

「噢，我明白了。」張琳點點頭，「啊，梵高先生，你的那些作品，尤其是那些油畫作品還都在嗎？我們很想去欣賞一下。」

「有什麼好看的？我都扔了……」梵高説。

「什麼？都扔了，那可是好幾個億……」西恩大叫起來，他忽然意識到自己的話又超前了，「啊，真可惜，我們很想欣賞一下你的作品呢，我們認為那是與眾不同的偉大作品。」

「扔掉了很多，還剩下一部分，隨便畫一畫的。」梵高聳聳肩，「主要是太佔地方，我住的那裏很小，就在一間美術用品商店的二樓，老闆人很好，看我喜歡畫畫，又窮，就用便宜的價錢把二樓小房子租給我，一個月只要二十五法郎。」

「噢，還剩下一部分，也就是說我們要保護這一部分……」西恩想了想，「我們一定要去看看這些作品，我就是欣賞你的作品。」

「快要上課了，你們先去教室吧，那裏有我正在畫的一幅素描，還有一張油畫沒有完成，既然你們喜歡看，就去看看吧。」梵高指着教室那邊說，「我還要把地掃完。」

「可以，可以。」我連連說，「啊，梵高先生，最近……有什麼人是從外面來的，你以前不認識，現在一直在你身邊轉，纏着你，有這種人嗎？」

「有呀。」梵高點點頭，「不就是你們嗎？」

「我們？我們……」我很是尷尬地笑了笑。

「梵高先生，你說話可真直接，不過我欣賞這種大藝術家的說話方式。」張琳很誠懇地說，「梵高先生，我們其實是害怕有人打你的作品的主意，那些作品是那麼的優秀……」

「優秀？你確定嗎？我只是自己覺得很好，但是沒人覺得好。」梵高一臉疑惑地看着張琳，不過那眼神中流露出感謝之意，「我只能謝謝你們，快去教室吧，我還要打掃衛生呢，打掃衛生一個月還有二十法郎呢，我的那些畫五法郎都沒人買……」

我們也沒法多説什麼，只能向教室走去。我們走進教室，裏面有幾個學生，相互間説着話。

「走錯地方了吧？」一個高高的男學生看着我們，「洛林小學在旁邊一條街上……」

「我們……」我看看那個男學生，「我們喜歡畫畫，來這裏旁聽，我們是旁聽生。」

「你們的年紀也太小了吧，這裏不是畫蠟筆畫的地方。」男學生和幾個同學一起笑了起來。

「今天這是怎麼了？上午來了一個新同學，現在又來了三個旁聽生……」另一個胖胖的同學説道。

「上午來了一個新同學？」我大吃一驚，瞪着

那個胖胖的同學，「是誰？在哪裏？」

「鄧尼斯。」胖胖的同學指了指坐在畫板後一個削木炭條的男學生，「就是他呀。」

叫鄧尼斯的男學生抬起了頭，看着我們，一句話也不說，眼中充滿了疑惑。

西恩明顯激動了，他想走過去，但是被張琳一把拉住，張琳壓低了聲音。

「不一定就是他，也許是真的學生，我們要核實好身分，不能冤枉人家。」

「哪有那麼巧？」西恩嘴上這樣説，但是不再衝動，站在了那裏。

「教室後有畫架和畫板，隨便用，木炭條和橡皮擦，還有畫紙什麼的，全都自己買，學校商店都有得賣，商店就在後門。」高高的男學生説，「你們什麼都不帶，只是聽不可能會畫畫的。」

「謝謝，非常感謝。」我連忙説道，「請問你叫……」

「辛蒂，我叫辛蒂。」高個子男學生說。

「我叫凱文，他們是張琳和西恩。」我連忙介紹，「請大家多多關照，謝謝。」

「快去吧，一會就要上課了。」辛蒂指了指商店的方向。

我們轉身要走，準備去買一些畫具，即便是旁聽，也是要跟着一起畫畫的，這可是一間美術學院呀。

「這張油畫是誰畫的呀？這麼粗獷呀，很少有人這麼畫呀。」鄧尼斯的聲音突然傳來。

「啊，這是我們那個怪同學梵高的畫，他就是這麼怪，人怪畫也怪……」胖同學說道。

「我覺得還不錯呀。」鄧尼斯說道。

「你也夠怪的。」胖同學嘲弄地說。

我們立即一起轉身，向畫架那裏跑去。鄧尼斯看到我們突然衝過來，似乎有些吃驚。

「什麼畫？梵高先生的油畫嗎？」西恩大喊

着，旁邊的張琳都做好了搶奪畫作的準備，我們都覺得鄧尼斯就要動手拿走那幅畫了。

在場的同學看到我們緊張的舉動，都有些吃驚。我們看到了那幅畫，那是一張畫了個大概輪廓的畫，描繪的是一張靜物，畫面上塗了一些顏色，但是還遠未完成。

我稍微放心了，這是一張未完成的作品，鄧尼斯拿走也賣不了什麼錢，他來這一次不容易，一定想拿走一張完整的梵高作品。

「你們……」鄧尼斯疑惑地看着我們。

「啊，我們也很欣賞梵高先生的作品，看看這筆觸，看看這色彩。」我連忙掩蓋地說，現在我們沒有任何證據確認鄧尼斯就是毒狼集團的人，所以一切都還要慢慢觀察。

「今天可真是奇怪，忽然來了很多梵高的崇拜者。」胖同學嘲笑地說，「他畫的那是什麼呀，那麼陰暗的色彩……」

我把張琳拉到一邊，讓她監視着鄧尼斯，我和西恩去買畫具。我們找到了商店，飛快地買好了畫具，然後快步跑回教室。

　　張琳坐在那裏，小心地盯着鄧尼斯，而鄧尼斯則像是什麼都沒發生一樣，在那裏整理着自己的畫板。

　　我們找來畫架，把剛買的畫紙夾在上面。這時，教室裏坐了很多學生，但是梵高還沒有來。一個瘦瘦的、戴着眼鏡的男子走了進來，他還留着長長的鬍子。

　　「我是威廉教授，現在開始上課了。」這個叫威廉的人自我介紹說，他忽然看到了我們，手指着我們，「新來的……旁聽生嗎？年紀好像太小了吧？」

　　「我們熱愛繪畫的心情和大人一樣炙熱地綻放。」西恩站起來，大聲地說，「教授先生，我們想學習繪畫。」

「好吧，旁聽生，隨便了。」威廉教授擺了擺手，「下午繼續畫素描，注意石膏像輪廓線的虛實變化，這非常重要……」

他正說着話，梵高從外面匆匆地走了進來。我算是放寬了心，我還以為梵高不來了呢。

CHAPTER 3

課堂爭執

梵高誰也不看，徑直走到自己的畫架前，那裏有一幅他畫了一些的素描，描繪的正是擺在大家面前的一個石膏頭像，那個頭像表情痛苦，就像是有人欠了他很多錢不肯還一樣。

所有的同學都開始畫素描，我們也開始給那個石膏畫像。我和西恩幾乎都忘了該怎麼畫畫了，只有張琳，她可是從小就練習繪畫的，她的動作嫻熟，有模有樣，我和西恩在一邊模仿着張琳。

威廉教授在學生們的身後走來走去，觀察着學生的繪畫，他在那個胖同學身後站了很久，不停地點頭，看上去很滿意的樣子。隨後，他走到了梵高的身後，他的眉毛頓時皺了起來。

「線條太長了，我上午就和你説了，你怎麼

就不聽呢？」威廉教授生氣地說，「梵高，你這是在我的課堂上，皇家美術學院教授的話，你必須聽！」

「教授先生，我覺得這樣畫更能體現出表現力度。」梵高說道，他依舊在那裏畫着。

「我培養出來的學生，很多都成為了真正的畫家，你是在質疑我的教學嗎？」威廉的語氣更重了。

「我想按照我的這種畫法，我覺得沒錯……」

「梵高，我知道，你的確熱愛美術，也很下工夫，但是這樣亂畫，會毀掉你的！你明白嗎？」

「我沒覺得，我也在嘗試，而且我覺得我的素描方式能夠體現被描繪物體的內在……」

「教授，梵高。」我連忙走過去，「繪畫的方式，可以慢慢討論，不要這樣爭吵……」

「回到你的座位上去——」威廉教授憤怒地指着我的座位，喊道。

我連忙狼狽地走了回去。西恩對我吐了吐舌頭，張琳也一副無能為力的樣子。

　　「梵高，你還是這樣畫，那麼我可以告訴你，素描課的作業和期中、期末考試，你不會從我這裏得到一分！」

　　「我是為了美術，不是為了考試分數。」梵高的聲音也大了一些。

　　「那你是無法畢業的。」威廉教授憤怒地説。

　　「那我就不畢業。」梵高立即毫不猶豫地説。

　　「你……」威廉教授瞪着梵高，話説到這一步，他似乎也沒什麼辦法了，「那你還坐在這裏畫什麼？反正你也不需要畢業……」

　　教室裏，只聽見炭筆在畫紙上畫下的聲音，大家都不敢説話。梵高也不再回嘴，只是在那裏畫着，而且很是認真。威廉教授生氣地看了他一會，也不再説什麼，轉身走了。

　　「你——你叫什麼——」威廉教授的喊聲又

起，不過此時他已經站在了西恩的身後。

「我叫西恩。」西恩哆嗦着説道。

「你看看你，畫的這是什麼？這是一隻猴子嗎？猴子也沒有這麼難看！」威廉教授大聲地説，「沒有繪畫基礎，怎麼能來這裏旁聽？你當皇家美術學院是兒戲嗎？」

西恩的畫紙上，那個石膏頭像被他畫成了一隻猴子。西恩低着頭，也不知道該説什麼，我們本來就不是真正要學習繪畫的。

「擦了——重新畫——」威廉在教室比畫着説，他看了看張琳的畫紙，比較滿意地點點頭，「你叫什麼？東方人。」

「我叫張琳。」張琳連忙説。

「你來教教他。」威廉教授指着西恩説，「我是教授，不是幼稚園老師，我沒法教這個什麼都不懂的學生。」

「是，教授先生。」張琳大聲地説，説完得意

地看了看西恩。

「你也一樣。」威廉教授看着我的石膏像素描的輪廓，說道，「也跟着張琳學學怎麼起稿，怎麼畫線條……」

我連忙說是，用力地點着頭，我心裏想這個教授可真是夠厲害的，但看了看我的「作品」，我抓了抓頭，確實，這樣的作品沒法不讓人生氣。

好不容易熬了三個小時，終於下課了，這一天的課也結束了。

一下課，鄧尼斯就跑到梵高身邊，告訴梵高他很欣賞梵高的畫法，梵高有些吃驚，隨後兩人就繪畫技法和技巧聊了起來。

我們三個站在他倆身邊，他們的對話很專業，我們不是很懂，包括張琳，根本就插不上話。

身邊的同學一個個地走了，最後，他們終於聊完，兩人都很興奮，相約明天繼續切磋繪畫技法。

梵高看到我們，有些詫異。

「你們怎麼還不走？」梵高問道。

「我們……想去你家看看你的畫作，我們很欣賞你的藝術。」我説道。

「我要不是有事也想去。」鄧尼斯跟着説，他邊説邊整理那些畫具。

西恩和張琳都很不友好地一起盯向鄧尼斯，這可把鄧尼斯嚇了一跳。

「去我家？我家可小呀。」梵高説道，「我的那些畫，也沒什麼好看的，大家都説不好，不過你們實在想要看，那就去看看吧。真是太奇怪了，我今天一下遇到好幾個欣賞者，真不可思議。」

我們和梵高一起出門，鄧尼斯也跟在我們身後，西恩和張琳都警惕地看着他。出門之後，鄧尼斯向北走，我們向南走，我們三個這才鬆了口氣。

「我説，你們好像很針對鄧尼斯。」梵高好奇地問。

「他想弄走你的畫。」西恩飛快地説。

「弄走我的畫？這沒什麼，我可以送給他幾幅啊⋯⋯」梵高不假思索地説。

「不行！」我們三個一起叫了起來。

梵高當街就愣住了，站在那裏，吃驚地看着我們。

「你的作品⋯⋯記錄了你學習畫畫的過程，怎麼能隨便送人呢？你要保護好你的作品。」我開始為我們激動的原因辯解，我們剛才太過激動，而且表現出來了。

「哎，你説得也對，但是我那些畫沒人喜歡，留下一些就可以了，而且我已經扔掉了一些。」梵高恢復了常態，繼續向家裏走去。

「扔掉了十幾個億呀⋯⋯」西恩小聲地説，他發現自己又説錯話了，「啊，我是説，扔掉了很多心血呀，那都是你藝術的精華，可不要再扔了，也不要隨意給別人。」

「好吧，謝謝你們的欣賞，那我們就快回去，

讓你們欣賞一下我的作品吧。」梵高笑了，他看看西恩，「不過，西恩，我上課的時候也看了一眼你的作品，其實威廉教授説得沒錯，你是不是沒有任何基礎就來旁聽？你剛才畫得石膏也太像猴子了⋯⋯」

我們一路説着話，一路來到梵高住的伊馬日路，他帶着我們來到美術用品店的旁門。對面，有一個水果攤，水果攤的後面，坐着一個賣水果的女人。

「噢，她要是賣酒該多好。」梵高看着那個水果攤，説道。

我們三個用複雜的眼光看着梵高，我們知道，他有酗酒的不良嗜好，這應該和他的作品長久得不到任何賞識有關，但這可不是什麼好事。

「梵高先生，酒喝多了可不好。」張琳説道，她跟着梵高已經站在了美術用品店的門口，「身體會受到很大傷害的。」

「我其實也知道，可是……」梵高聳了聳肩，他推開美術用品店的大門，「啊，我住在二樓，要從店裏穿過去，老闆看我喜歡畫畫，便宜租給我的。」

美術用品店全稱是「貝克美術用品商店」，美術用品店這座房子，一共只有兩層。店門口，貼着一張大幅的廣告海報，上面畫着各種的畫具，寫着廣告語。梵高推門進去，我們跟了進去，西恩緊跟在梵高身後，他剛進去，迎面竄出來兩條半人高的大狗，迎着西恩就走了過來。

西恩嚇了一跳，我們跟進來後，也嚇了一跳，我們三個連忙後退。

「嗨，圖圖，庫庫。」梵高用手摸着兩隻狗的腦袋，兩隻狗興奮地搖着尾巴，看上去並不兇，「你們進來吧，圖圖和庫庫都很乖，不咬人的啊。這位就是老闆，也是房東，貝克先生，他可是一個好人。貝克先生，這三位是我的……同學。」

美術用品店裏，站着一個四十多歲的男士，他的相貌和藹，他聽着梵高的話，驚奇地看着我們。

　　「梵高？你終於被開除了嗎？你現在去小學上課了？」貝克先生滿臉詫異地問。

　　「沒有，他們是我們學院的旁聽生。」梵高連忙解釋。

　　「噢，這麼小的旁聽生。」貝克先生好奇地看着我們，「歡迎在我這裏選購畫具，比你們學院商店所有的畫具都便宜百分之十以上。」

　　「好的，貝克先生。」我笑了笑，那兩隻大狗現在圍着我們轉，我們已經不害怕牠們了，「今天是來看看梵高先生的作品。」

　　「我喜歡梵高的畫，筆觸很重，有一種材料感。」貝克先生連忙説。

CHAPTER 4

窗外的風景

　　我們走到美術用品店的最裏面，那裏有道樓梯，我們上了樓梯，來到了二樓。二樓有幾間房間，梵高帶我們走到臨街的一間房間的門口，開了門，我們走了進去。

　　梵高的房間不大，裏面有一些簡單的家具，還有一個畫架，上面擺着一張沒有畫完的畫。

　　「《窗外的風景》。」西恩叫了起來，「我看到原作了。」

　　「我還沒畫完呢，你怎麼知道這幅畫的名字的？」梵高很是驚奇，「這幅畫就叫《窗外的風景》」

　　「因為你畫的就是窗外的風景，不是門外的風景。」西恩指着畫作，畫上的風景就是從窗戶看

出去的樣子，隨後西恩走到窗邊，向下看去，「看看，對面的街道，對面的房子，噢，那個水果攤還在。」

「梵高先生，把你的作品都拿出來給我們看看吧。」我說道，我看着這麼小的房間，沒有看到任何完成的作品。

「我們是同學，不用叫先生。」梵高說道，說完彎下腰，從牀下開始往外拉出一疊畫布。

「好的，梵高先生。」我說道，我已經知道梵高的作品放在什麼地方了。

梵高拿出來十幾張油畫，基本都拆掉了畫的內框，只剩下畫布，只有兩張帶着內框的畫。

「這是河邊的風景，這是橋邊的風景，這是田地裏的人……」梵高一一地把畫作展示給我們看。

「真是傑作呀，你是巨匠大師。」我們一邊看一邊感歎地說。

「我們都是同學，就不用這麼吹捧了吧？現

代的大師是莫內，是畢沙羅。」梵高有些尷尬地說道。

「你放心，未來會證明你的大師地位。」西恩感慨地說，「梵高先生，你的這些作品，可要保護好。這裏有沒有銀行呀，存在銀行的保險櫃裏最安全。」

「西恩，你剛才是不是被圖圖和庫庫給嚇傻了？」梵高驚異地看着西恩，「這些畫都是我剩下來的，我扔了好多張呢，還說什麼銀行的保險箱，我窮得叮噹響，連銀行大門在哪裏都不知道……」

「西恩就是覺得這些畫應該好好保存。」我看了看梵高的家，我們要保護的就是這批畫作，不能讓其中任何一張落到毒狼集團手裏，「梵高……同學，我們也是剛來，沒地方住，老闆有沒有其他二樓空房間租給我們呀，這樣我們一起上學下學，也方便。」

「沒有了，老闆一家十口人呢。」梵高說，

「你們要是一個人也可以和我擠一擠，但是有三個人⋯⋯對面，對面房子是空着的，女房東是米拉多太太，只是房租比較貴一些，我是租不起的。」

我看了看張琳和西恩，隨後點了點頭。如果能租下對面的房子，我們就能很好地看顧着這裏，保護着這批畫作了。任何人刻意接近梵高的住所，我們也都能知道。

「好的，我的好同學，謝謝，那麼我們就去找米拉多太太，今後我們互相來往就更方便了。」我很是高興地對梵高説，「米拉多太太去哪裏找呢？」

「就在對面房子的二樓，她一個人住，有的是空房間。」梵高説，「但是每間空房間要三十五法郎，對我來説太貴了。」

「這個不是問題。那我們就去找米拉多太太，馬上去租下房子。」我説着就向外走，「那裏樓下還有個水果攤，我們一會買些水果來。」

「謝謝你們呀，真是不好意思。」梵高滿臉興奮，「我有半年沒吃過水果了⋯⋯」

我們下了樓，我告訴張琳和西恩，要馬上租下對面房子的房間，如果梵高這邊有事，我們能立即趕到。

我們來到對面的樓下，水果攤後那個擺攤的女人告訴我們米拉多太太就在二樓，這個女士是這所房子一樓的租戶。

我們上到二樓，找到了米拉多太太，告訴她我們要租兩個房間，張琳一間，我和西恩一間。

「完全沒有問題，你們要住一樓還是二樓，這兩層我都有房間。」米拉多太太大概五十多歲，看到租出去兩個房間，很是高興。

「二樓。」我們三個異口同聲地說道。

米拉多太太被我們的整齊劃一嚇了一跳。

「一定要臨街的房間，這樣看風景比較好。」我特別強調地說，其實是因為梵高的房間就在二

樓，而且臨街，我們也住在臨街房間，就能直觀地看顧着梵高了。

「好的，臨街的房間給你們。」米拉多太太平靜了下來，説道，「三十五法郎一間，按月收費，現在就收。」

張琳飛快地拿出錢，數出七十法郎遞給米拉多太太。

「你們的父母不管你們嗎？」米拉多太太數完錢，放到自己的口袋裏，很是滿意，她問道，「很少有你們這樣的小孩自己出來租房子住。」

「我們……是為了離學校近一些，我們在皇家美術學院旁聽。」我想了想，説道，「我們也想離我們的同學梵高近一些。」

「噢，梵高，對面那個總是喝醉的畫家？」米拉多太太轉身向裏面走，「隨便啦……你們來跟我拿鑰匙……」

我們有了一間能很好監控梵高住所的地方了。

拿好了鑰匙，我們來到臨街的房間裏，裏面的擺設都不重要了，我們三個全都擁到窗邊，看着對面梵高的房子。

「嗨——梵高——」西恩推開窗戶，對着對面梵高的房間大喊起來。

「梵高——我們在這裏——」張琳也很是高興地喊起來，同時還用力地揮手。

「你們小點聲，不要在這裏喊。」我連忙提醒地說。

「沒事呀，就呼喚一下梵高同學呀。」張琳說着向外面看了看，這條街上行人有一些，但是沒人關注我們，樓下只有那個水果攤，擺攤的女人看了看我們，也沒說什麼，「你看，沒什麼的，沒人在乎我們……梵高——」

張琳又喊了起來，西恩也跟着喊起來。兩人聲音都很大，對面的梵高聽見了，他推開窗戶，對着我們拚命招手。

「嗨——我在這裏——房子租下來了——」

「是的——明天你來找我們上學——」西恩大聲喊道。

「好的——」梵高回應道。

此時是二月份，外面還是很冷的。我們都關上了窗戶，西恩向外走去。

「走吧，再去梵高那裏，給他買點水果。」

「你可真有意思，這麼近，有什麼事情當面說就好了，偏要大喊大叫的。」我抱怨起來，跟着西恩往外走。

「就是要那種氣氛。」西恩說，「我還想用繩子連在我們雙方的房子窗戶外，這就可以傳遞東西呢。」

「噢，讓我們來保護梵高，抓住那個偷畫的人，你倒好，跑到這裏來玩了。」我繼續抱怨說。

「走吧，你總是大驚小怪的。」西恩滿不在乎地說道。

我們在樓下的水果攤買了一些水果，張琳還在旁邊的麵包店買了麵包和牛奶，一起帶去了梵高的房間。

　　梵高很激動，他每天都吃最廉價的麵包，他吃了我們的麵包，隨即興奮地把一瓶酒拿了出來，打開蓋子就喝。

　　我們三個一起拉着他，不讓他喝酒。梵高硬是喝了好幾口，張琳奪下酒瓶。

　　「我就喝幾口……你們可真是好人，你們哪裏來這麼多錢呀。」梵高揮着手臂，「等我的畫以後賣了錢，我要請你們大吃特吃，你們就等着吧，我的畫一定能賣出去的，人們一定能理解我的作品的……」

　　「能理解，能理解。」我們連忙説，「不過酒就不要再喝了……」

　　「我告訴你們呀……」梵高似乎有些醉了，「畫畫就是要通過色彩、顏料本身，去表達內心的

感受，不要去考慮那些條條框框的東西，你心裏怎麼想的就怎麼表達，對描述物體的外形也不要嚴格拘泥於像還是不像……」

　　梵高開始大段大段地向我們闡述他的藝術觀點，但是我們全都聽不太懂。聽了一會，西恩和我都要睡着了，張琳也一樣，靠着椅子打瞌睡。梵高趁機拿過來酒瓶，又喝了幾口。

　　他繼續向我們講他的藝術，西恩成功地先睡着了，最後我和張琳也靠着椅子睡着了。

CHAPTER 5

梵高不見了

也不知道過了多久，我們都醒了，發現梵高躺在牀上，睡着了。此時天已經黑了下來，我搖着梵高，把他叫醒了。

「我們先回去了，你記得看好你的畫作。」我對梵高説，「晚上就不要再喝酒了。」

「要回去了嗎？」梵高晃着腦袋，似醒非醒，「記住，畫畫就是要大膽地表現描繪物體，濃重的色彩可以大膽地使用⋯⋯」

「好的，我們記住了。」西恩連連點頭，「明天早上，你來找我們，我們一起去上學。」

「好的，明天早上，我去找你們。」梵高清醒了很多，「不喝酒了⋯⋯明天去上學，還要和那個威廉教授吵嘴呢，他一點也不懂我的藝術，還是你

們懂……」

　　我們出了梵高的門，二樓裏很是熱鬧，美術用品店主人貝克先生家人口多，現在都在家裏。我們下到一樓，出了門，回到街對面我們的房子。

　　我們住的地方就比較清淨了，一樓的水果攤早就收了，攤主也休息了，二樓上，米拉多太太應該也休息了。我們來到房間，看到對面梵高的房間還亮着燈。

　　「現在，我們就要輪流守在這裏。我感覺毒狼集團那個穿越者已經過來了。」我指着梵高的房間，「張琳先值班，守到十二點就去睡覺，然後是我和西恩，守到明天七點左右。晚上這段時間，那個穿越者有可能潛入梵高的房間去偷畫。」

　　我們輪流守在窗戶門口，張琳在十二點鐘就去另外一間房間休息了，那是她的房間。張琳走後，西恩守在了窗口，大概三點多，他把我叫醒，我坐在窗戶前，看着已經熄燈的梵高的房間。

街上一個人都沒有，夜已經很深了。我守了一會，又睏了，我趴在窗邊，我提醒着自己不要睡過去，但是不知什麼時候，還是睡着了。

　　早上，我聽到了敲門聲，我爬起來，連忙去開門。只見張琳站在外面，我連忙叫她進來。

　　「沒什麼事吧？毒狼集團的人沒去偷畫吧？我感覺晚上很安靜。」張琳進來就説，西恩還在沉沉地睡着。

　　「啊……」我有點尷尬，我站在窗邊，看着外面。此時已經是早上七點了，「我也睡着了……好像沒什麼事……」

　　我緊張地向對面望着，這時，對面的窗戶推開了，只見梵高興奮地對我們招手。他似乎能看見我們，我連忙把窗戶推開。

　　「一會我就來找你們——」梵高喊道。

　　「好的，西恩還沒有起來——」看到梵高很好，我放心了，大聲喊道，「我們吃些早餐，你先

過來——」

　　我們都關上了窗戶，我叫醒了西恩，張琳跑去準備早餐。我們在二樓的大桌子旁吃好了早餐，不過梵高一直沒有過來。

　　「説好了來找我們，怎麼還不來？」西恩擦着嘴巴，有些着急地説，「我看梵高是不是又沒有東西吃了？還在找吃的吧？」

　　「不可能，我昨天給他留下的麵包夠他吃三天的。」張琳説道，「算了，我們過去找他吧。」

　　我們三個一起下了樓，推開門，那個水果攤已經擺出來了。米拉多太太説擺攤的那個女人叫愛爾莎，她算是我們的鄰居。

　　穿過馬路，我們來到美術用品店，美術用品店已經開門了，我們推門進去。

　　「……還沒有營業，現在才七點半。」貝克的聲音從後排的貨架傳來，他正在彎腰整理東西。

　　「貝克先生，是我們，來找梵高去上學的。」

我連忙説。

「梵高？」貝克先生站立起來，看見是我們，一臉詫異，「他剛才不是説找你們去了嗎？他剛從這裏出去呀。」

「啊？」我們三個頓時都愣住了，我回頭看了看外面，外面也沒有梵高，「他什麼時候從這裏經過的？」

「不到十分鐘前吧，他説找你們一起去學院上課。」貝克説道，「他沒有去找你們嗎？」

「我們去找找。」我連忙擺擺手，我感覺很不好，帶着張琳和西恩出了門。我走到我們住的樓下，看到愛爾莎就坐在水果攤後面。

「愛爾莎阿姨，你剛才看見梵高了嗎？」我急着問，「他説來找我們上學，但是沒有來。」

「好像去那邊了。」愛爾莎指了指學校方向。

「好的，謝謝。」我説着就向學校方向走去。

張琳和西恩連忙跟上我，他們兩個感覺也很不

好。

「梵高又沒有和我們鬧彆扭，不可能自己跑去學校的，這到底是怎麼回事呀？」張琳邊走邊說。

「恐怕梵高也不在學校裏。」我說道，「先去學校裏看看吧，最好他在那裏。」

我們匆匆趕到了學校，進到教室裏，辛蒂已經在那裏了，我們連忙詢問，辛蒂說他是第一個進教室的，梵高並沒有來。

這時，鄧尼斯走了進來，西恩上前，一把就抓住了鄧尼斯。

「說，你把梵高弄到哪裏去了？」

「什麼？你說什麼？」鄧尼斯詫異地看着西恩。

「昨天你就纏着梵高，說欣賞他的畫，你怎麼知道他最終會獲認同的……」西恩連續說道。

「你在說什麼呀？」鄧尼斯皺着眉，用力擺脫西恩，但是忽然發現西恩的力氣極大，他根本就擺

脫不了。

「西恩，和他應該沒關係。」我把西恩拉開，「問題不在他這裏。」

「真是莫名其妙。」鄧尼斯生氣地看着我們，「就你們能欣賞梵高的作品，我就不行嗎？」

我對鄧尼斯抱歉地點點頭，隨後把西恩和張琳帶到教室一角，壓低了聲音。

「問題在我們那邊，梵高本來說要找我們，忽然就向學校這邊走來，很奇怪。」

「難道路上有什麼人突然把他抓走了嗎？」張琳非常緊張，「就這麼一會沒有看住，梵高就不見了。」

「我們回去再問一問，真是太奇怪了。」我說道，「也許我們遺漏了什麼。」

我們立即出了門，向學校外走去，此時大批的學生已經開始進入學校了，學校早上八點開始上第一節課。

我們原路返回，八點多的時候，到了美術用品店門口，美術用品店已經開始營業了。我們幾乎是衝進了美術用品店，兩隻大狗圖圖和庫庫立即迎了上來，不過我們早就不怕牠們了，我們知道這是兩條溫順聽話的狗。

　　「……鈷藍顏色就剩下幾支了，羣青顏色也是，要馬上補貨……」貝克先生説話的聲音傳來，他的店已經營業了，我們看到貝克太太也站在櫃枱旁，兩個人正在説話，「中午的時候我就去，三號畫布也要進貨了……」

　　「貝克先生，梵高剛才沒有進到我們的房間，説是去了學校，但是學校裏也沒有。」我急衝衝地説，「他可能被綁架了……」

　　「哈哈哈，不可能……」貝克先生和太太一起大笑起來，貝克先生望着我們，「綁架梵高，那麼這個綁匪的腦子可能有點問題了，綁架他幹什麼？要錢，他沒有，他家裏人也沒什麼錢，綁架他後還

得每天都給他東西吃，我看梵高應該很願意。」

「這個……和你說不清楚。」我擺了擺手，「早上的時候，你一定見過梵高了，他沒什麼異常吧？」

「沒有呀，很正常呀，剛開始一副懶洋洋的樣子，後來就說要去找你們一起上學。」貝克先生說道。

「昨晚你們家沒什麼異常吧？有沒有人想闖入你們家？」我繼續問道。

「沒有異常，再說誰敢闖入我家？我們的圖圖和庫庫，平時老實，要是有人傷害我們，那牠倆可是馬上就屬害起來了。」貝克先生得意地說，「牠倆對響動可敏感呢，什麼都能發現。」

「啊，知道了。」我說着轉身看看張琳和西恩，「我們去問問愛爾莎阿姨和米拉多太太……」

我們轉身要出去，這時，貝克先生和太太看到我們走了，繼續開始盤貨。

「……鈷藍顏料和羣青顏料怎麼少了，昨天好像還有呢。」貝克太太說道。

「現在什麼人都開始畫畫了，真是想不到，對面賣水果的女人剛才

買走了好幾支，還買走了畫布和畫筆……」貝克先生回答說。

我本來都走出門外了，聽到兩人的對話，立即轉回來。

「貝克先生，賣水果的那個女人，買走了鈷藍顏料和羣青顏料？」我問道。

「是呀。」貝克先生點點頭，「各買了好幾大支。」

「她還買了別的顏色吧？」我繼續問。

「紅色和黃色，白色和黑色，不過這些只買了各一小支。」貝克先生說。

「那她買好以後，應該沒有回攤位吧？」我皺起了眉頭，「你看見她往哪邊走了嗎？」

「這個我沒太在意，反正她提着一個袋子，把買的東西都放在袋子裏，提着畫布就走了，畫布是繃在油畫內框上的。」

「我知道她去了哪裏。」貝克太太突然說道，「她沒有回攤位，向北面走了，因為當時我買菜回來，正要進家門，迎面碰上。」

「好的，我知道了，太感謝了。」我出了門，張琳和西恩也跟着走了出來。

我看着對面的水果攤，愛爾莎果然不在那裏，只有那些水果靜靜地躺在攤位上。

「毒狼集團派來的人，應該就是愛爾莎。」我一字一句地說，「她不在攤位上。」

CHAPTER 6

城市北郊

「怎麼是她？這可太奇怪了，就因為她不在攤位上？」西恩直愣愣地問。

「是因為她買了顏料和畫具？」張琳小心地問。

「我覺得，梵高應該是被愛爾莎綁架走了。」我開始分析地說，「鈷藍、羣青這些顏色，都是梵高繪畫最喜歡使用，也是用量最大的顏料。同時，紅色、黃色和黑色也是他經常用到的顏色。愛爾莎買走這樣的顏料，還有畫布、畫筆，是不是要迫着梵高給她畫一幅畫呢？」

「你這樣一說，真有可能呀，她可能發現了我們在保護梵高，偷畫不成，就綁架梵高迫着他畫畫。」張琳顯得非常緊張。

「去找米拉多太太，問清愛爾莎的底細。」我揮了揮手，向前走去。

我們進到我們租的房子的一樓，張琳推開了愛爾莎的房門，她也不在裏面。我們上了二樓，米拉多太太無精打采地織着毛衣。

「米拉多太太，有件事請告訴我們，樓下的愛爾莎是哪裏人？什麼時候在這裏租房子的？」我問道。

「噢，你們三個，怎麼沒去上課呀？我可是要告訴你們的父母，儘管我不知道他們在哪裏……」米拉多太太有了些精神，看着我們說道。

「米拉多太太，我們會去上課的，但我們現在真的很想知道愛爾莎的事情。她不見了，樓下的水果攤沒有，房間裏也不在。」我急着說。

「噢，不見了？會去哪裏呢？」米拉多太太眨眨眼睛，「她說自己是奧斯坦德人，想在安特衞普做點小生意，就租了我的房子，在門口擺起了水果

攤。我很奇怪呢，這裏擺攤可沒什麼生意的，我還問她為什麼不去菜市場賣水果，她說那裏面水果攤太多了，自己賣不過他們。」

「她有家人在這裏嗎？」

「沒有，就她一個。」

「那她什麼時候在這裏租房子的？」

「你們搬進來的前幾個小時。」米拉多太太說，「之前她還去了貝克先生那裏，但是貝克先生家沒有空房間了。」

「我們搬進來的前幾個小時？」西恩大叫起來，「一定就是她了……米拉多太太，你怎麼不早說？」

「這是我的房子，她是我的房客，和你們沒關係，為什麼要告訴你們？」米拉多太太氣呼呼地說。

「我們……」西恩當場就愣住了，他找不出什麼理由來，只能傻傻地站在那裏。

「米拉多太太，實在是打擾了，如果看到愛爾莎，也請告訴我們一聲。」我抱歉地笑了笑，「我們還有事……」

我拉着張琳、西恩向自己那間房間走去，米拉多太太看着我們，一臉不解。

「愛爾莎怎麼了？她去哪裏了——你們找她幹什麼——」米拉多太太喊道。

「她就在地球上——」張琳回頭説了一句。

我們進到房間裏，我看了看對面梵高的房間，又看了看樓下依舊沒有攤主的水果攤。

「不用多想了，愛爾莎一定就是毒狼集團派來偷畫的那個人。」我很是焦慮地説道，「真是沒想到，她一直就在門口擺攤，我判斷她可能只比我們晚到一小時。」

「要是她能租到貝克先生家，她早就把梵高的畫偷走了。」張琳同樣顯得很焦慮，還有一些急躁，「梵高應該就是被她綁架了。」

「簡單梳理一下，就是愛爾莎被派過來偷畫，無法接近梵高，就租了下面的房間，假裝擺水果攤，找機會。」我努力地讓自己平靜下來，「也許她發現了我們，判斷我們是特種警察。現在的推斷是，她抓住了梵高來找我們的機會，也就是説，梵高一定是來過我們這所房子了，但是在一樓被愛爾莎綁架了。現在，梵高在某個地方關着，愛爾莎買了畫布和畫具，迫着梵高給她畫一幅畫。」

「梵高被她關在什麼地方了呢？」西恩急得走來走去，「這才是關鍵，你説的一定都對，我們必須儘快找到梵高。」

「這裏，那個愛爾莎一定不會再來了，她拿到梵高畫好的畫，就會立即穿越回去。」張琳握着拳頭，緊緊地皺着眉，「分析大師，凱文，你是分析大師……」

「我想想，我想想……」我連忙擺了擺手，我一直努力讓自己平靜，好去靜心想怎麼找到愛爾

莎。

　　張琳和西恩不再說話了，他們甚至退了幾步，一個站在門那裏，一個坐在了椅子上。

　　我走到窗邊，腦子飛速旋轉着，思考着。張琳說得沒錯，愛爾莎的確不會再回到這裏了。而梵高，一定在她手上。

　　我看着窗外的街道，隨後又向更遠處望去，我看到了遠處房子的房頂，忽然，一幅梵高的作品《安特衛普的後院》的畫面從我腦子裏閃過，我想了想，激動起來。

　　「我大概有方向了。」我突然轉身，看了看張琳和西恩。

　　張琳和西恩頓時激動起來，連忙都走了過來，站到了我的身邊。

　　「梵高這樣的大畫家，都是對景繪畫的。」我指了指外面的房子。

　　「對呀。」張琳和西恩都點點頭。

「如果從獲益最大化的角度考慮，梵高的作品中，肖像畫和風景畫在拍賣市場賣得最好，價格也最高。」我比畫着説，「我記得梵高描繪安特衞普城市的風景畫都是灰色調的，而鈷藍和羣青顏色，是梵高創作鄉間風景畫時最喜歡使用的顏色，比如麥田、橋樑。這些景物，安特衞普市裏面可沒有，所以要畫只能去城郊畫。如果按照貝克太太指的方向，一路向北走，到了安特衞普的北郊，也就可以確定梵高被強迫畫畫的大概區域了。」

「對呀。」西恩大叫起來，「愛爾莎一定迫着梵高給她畫風景畫，既然向北走，那就是去畫安特衞普北郊的風景畫。」

「沒錯，而且不會距離城市很遠，因為畫之前，愛爾莎一定把梵高關在城郊某個地方。」我進一步説道。

「對呀⋯⋯」西恩又附和起來。

「你就知道『對呀』！」張琳對西恩喊道，

「我們現在就去找梵高。」

「我想愛爾莎把顏料買回去會立即迫着梵高去畫畫，去北郊找，一定能找到。」我很是堅決地説。

我們出了門，門外就是伊馬日路，這條路一直通到安特衞普的北郊。貝克太太説看見愛爾莎向北走了，所以我們一路向北狂奔，很快就來到了城市的邊緣，再向前走，就沒有什麼房子了，全是等待耕種的麥田，還有一些樹林和河道。

我們走到了伊馬日路的盡頭，向前是一條鄉間土路。這裏並沒有梵高，遠處的田地裏，也不見一個人。

「我去前邊的河邊看一看，張琳，你去西邊的田地看看。」我開始分工，「西恩，你去東邊的樹林看一看。」

我們三個在道路盡頭各自散開，無論是誰發現了梵高，我們都會用萬能手錶進行聯繫。

我一路向前，穿過一片田地，來到一條河的河邊，由於還是冬天，河面上還有冰，河的兩邊，有一些樹木，我的腦子裏又想到梵高的一些素描作品中，出現過類似場景。我沿着河道，一直向前走着。

冬日的太陽已經升起，這天的天氣很好，外面也不算很冷，很適合作畫。

我又向前走了幾百米，我有點焦急起來，如果我的判斷出現錯誤，那麼梵高就有可能被強迫着畫了一幅畫，被愛爾莎帶回去，而且這幅畫是真品，很快就能出售並獲得巨額資金。我倒是不害怕愛爾莎對梵高有什麼傷害，因為穿越者無法改變歷史，這個時期的梵高並未受任何傷，但是梵高並不知道自己面對的是一個超能力的穿越者，受到威迫和脅迫是一定的。

我想找個地方，越過這條小河，去前面的樹叢後看看，不過我想愛爾莎不會把梵高帶來這麼遠的

地方畫畫。

「凱文，張琳——」我的手錶中突然傳出西恩激動的聲音，「我在一個樹林邊，我看到了梵高和愛爾莎，你們快點過來——」

我的身體一顫，終於找到梵高了。我的判斷完全沒錯。

「西恩，我正在給你定位……我距離你兩公里。」我調着萬能手錶，手錶盤上，西恩的位置顯示成了一個亮點，「我們到達之前你千萬不要動手，你只要監視好他們。」

「我知道，我躲在樹林裏呢。」西恩的話隨即傳來，「愛爾莎就站在梵高身後，梵高在畫畫呢。」

「我也定位了，我馬上過來——」張琳的聲音傳了出來。

我看着萬能手錶，上面畫出了一條最近到達西恩所在位置的路，我奔跑起來，向西恩那裏急進。

CHAPTER 7

被迫作畫

　　我向前跑了一公里多，看到前面出現了一個樹林，我鑽進樹林裏，幾乎橫穿了整個樹林。

　　西恩躲在一棵大樹的後面，他看到了我，對着我招手，我連忙跑過去。

　　「還在畫畫呢，梵高似乎還很投入。」西恩指了指前面。

　　我把頭小心地探出去，看到了大概三、四百米外的田野上，梵高坐在一個小凳子上，面前支着一個小畫架，畫架上豎立着帶內框的畫布。梵高在聚精會神地畫畫。而那個愛爾莎就站在梵高身後，一動不動地看着他。

　　樹林裏一陣「沙沙」的聲音，只見張琳跑了過來，她的手裏，已經提着霹靂劍了。

「在哪裏？梵高在哪裏？」張琳一衝過來就小聲地問。

「你看——」西恩指了指前面。

張琳望過去，看到了梵高和愛爾莎，我把他們都拉到了大樹後面。

「張琳正面過去，我和西恩兩翼包抄，抓住愛爾莎，把她帶回去。」我小聲地説。

我們小心地走到樹林邊緣，先是依靠最外面的樹掩護着自己。隨後，我和西恩沿着樹林邊緣各自跑出去兩百米，張琳提着霹靂劍就衝了出去，直奔愛爾莎。

我和西恩從兩側衝出樹林，我們對愛爾莎形成了包圍，愛爾莎一直盯着梵高。忽然，她察覺到什麼，但是張琳已經衝到她面前五十米的位置了。

愛爾莎嚇了一跳，不過她隨即反應過來，轉身想跑，不過看到我迎面衝過來，又愣在了那裏。

「愛爾莎——毒狼集團的穿越者——你跑不了

了——」張琳大喊起來。

原本認真畫畫的梵高聽到了張琳的聲音，先是一愣，隨即看過去，發現張琳提着寶劍跑過來，他大吃一驚。

「果然是特種警察，我看到你們一直圍着梵高就覺得有問題。」愛爾莎模樣很兇地說。

「那你還不投降？」張琳大聲喊道。

愛爾莎沒有跑，也沒有投降，對着衝過來的張琳就是一拳，張琳連忙一躲，隨後一劍刺了過去，愛爾莎馬上躲閃開。

張琳揮劍又刺過去，愛爾莎倒退幾步，她看到張琳手裏有劍，四周看看，也在找東西抵抗。她發現了梵高的畫架，衝上去抓起了畫架，固定在上面的畫布立即飛落在了地上。

「哎——哎——我的畫——」梵高看到畫布掉在地上，連忙跑過去把畫拾起來，很是心痛的樣子，「這可怎麼辦，我的畫呀……」

愛爾莎手裏有了「武器」，表情也更兇了，張琳連連刺去，愛爾莎用畫架擋開張琳的霹靂劍。這時，西恩飛奔過去，跳起來一腳踢下去，踢在了愛爾莎身上，愛爾莎慘叫一聲，倒在了地上。

張琳衝過去，愛爾莎半坐起來，把手中的畫架重重地砸向張琳，張琳連忙一閃。愛爾莎站了起來，她剛站起來，我一拳打過去，愛爾莎一個前傾，差點又摔倒。

「哎，你們這是怎麼回事？怎麼打起來了？」梵高跑過來，擋在了愛爾莎面前，對我們揮着手，「你們不要打呀，有什麼話好好説呀……」

「你都被她綁架了，怎麼還幫着她説話？」張琳怒氣沖沖地問道。

「就是畫一張畫呀……」梵高邊説邊伸開手，攔着我們。

愛爾莎上前一步，突然抓住梵高，她的手裏還抓着一隻畫筆，她用畫筆的尾部對着梵高的脖子。

「你們都退後，否則我就扎下去。」愛爾莎威脅地説，「我知道，不可能殺害他，歷史上的梵高不是這一天死去的，但是我能傷害他，讓他受傷。」

　　「你可不要亂來呀——」張琳用霹靂劍指着愛爾莎説，但是不敢再上前一步了。

我和西恩也站在愛爾莎的一左一右，但都不敢再上前了。

　　「喂，賣水果的，你這是幹什麼？你要我給你畫畫，我就畫了，你怎麼還要傷害我呢？我在保護你呀。」梵高被愛爾莎卡着脖子，想掙扎，但是愛爾莎的力氣明顯很大，「啊，你鬆開我呀，我知道你很厲害……」

　　「愛爾莎，你放開梵高……」我喊道。

　　「你們三個，我知道，都是特種警察，你們現在都不要動，就這樣站着，這樣我就不會傷害他。」愛爾莎卡着梵高的脖子，開始一步步地後退，「千萬不要跟上來呀，否則我就扎下去，我也有超能力呀，我扎下去梵高就會受傷……」

　　愛爾莎裹挾着梵高，一步步地後退，退了幾十米。我們三個一動不動，只能眼睜睜地看着他們越退越遠，愛爾莎手裏的畫筆尾部一直盯着梵高的脖子，她確實能傷害梵高。

愛爾莎退了一百多米，突然猛地推了梵高一下，梵高重重地摔在了地上，愛爾莎則轉身就跑。

「梵高——」我們連忙跑過去，我扶起了梵高，「你怎麼樣了？」

「我沒事，就是摔了一跤。」梵高站起來，忽然，他又倒下去，我們連忙扶起他，「我的腿扭了一下。」

我扶起梵高，讓他站好，梵高似乎好一些了。

「張琳，西恩，我在這裏看着梵高。」我說道，「你們馬上去梵高家，愛爾莎這個計劃失敗了，我覺得她有可能直接去搶畫，要快。」

張琳和西恩答應一聲，立即就向我們來的路上跑去。我把梵高扶到一邊，讓他坐在剛才畫畫的椅子上。梵高坐下後慢慢地扭動腳腕，感覺好多了。

「怎麼樣？我們去看醫生，你們這裏的醫院在什麼地方？」我小心地問道。

「不用，我好多了，就剛才被猛地一推，腳扭

了一下。現在應該可以走路了。」梵高説着慢慢地站起來，「再説我也沒錢看醫生。」

我連忙扶起梵高，他站了起來，然後慢慢走了幾步。

「好了，基本好了，我們走慢點，我還要去上學呢。」梵高説着看看身後的畫架和畫布，「哎，可惜了，我的畫，才畫了幾筆……」

「你還想着畫呢？你剛才被綁架了。」我有些抱怨地説，「那個愛爾莎是不是迫着你畫畫，這到底都是怎麼回事？」

「我現在也覺得奇怪呢，愛爾莎……就是那個賣水果的女人，居然綁架我？我也不怨她，她一定是腦子不太好，賣水果蝕錢了，受了刺激。」梵高邊走邊説，「早上的時候，我不是要找你們一起去上學嘛，我就進到你們的房子裏，愛爾莎本來在門口賣水果，她跟了進來，我走到她門口的時候，她猛地把我推進房間，幾下就把我捆上，還把我的嘴

給堵住了，然後就關上了門。我聽見你們在找我，還問我去哪裏了。後來，你們走了以後，愛爾莎就進了房間，她拿着一把刀威脅我，讓我跟她走，不能掙扎，然後就鬆開了我。我還想去上學呢，就往外跑，她抓住我就打我，我開始還抵抗了兩下，但是真可怕，這個女人力氣大得驚人，我根本打不過她，她就用刀頂着我，把我帶到北郊的一所沒人住的破房子裏。」

「這是綁架，你還不怨恨她？」我憤怒地説。

「可是綁架，她會有目的，可我什麼都沒有呀，果然，她腦子真是不好。你知道嗎，她説要我一幅畫，我差點暈過去，她怎麼會是這樣的目的，我的畫沒有一個人買，堆不下我都直接扔了。」梵高差點手舞足蹈起來，「我説，我回家去，別説一幅畫，十幅畫都白給她，她説不能回去了，有人會找過去的，所以她説要我給她去郊外畫一張，然後就放了我。這也太容易了吧，不就是畫一張畫嘛，

我立即就答應了，我覺得為了一張沒人要的畫，還綁架我，還打我，真是太奇怪了，後來我想了想，她一定是腦子出了問題，也就沒說什麼了。」

「有些事你可能還不知道，簡單說，你的那些畫都是藝術瑰寶，愛爾莎算是……很有眼光。」我邊想邊說，「後來她是不是就去買畫具了，把你關在破房子裏？」

「對呀，我告訴了她我習慣用的顏料，還有必要的畫具。」梵高點了點頭，「結果臨走前，她還是把我綁了起來，嘴巴裏塞上布，她說她怕我跑了。就是畫一張畫呀，我跑什麼跑？但沒用，還是被她捆住了，哎……」

「我明白，你不想跑，你自己也願意給她畫一幅畫，你覺得她沒必要把你捆住。」我也點點頭，說道，「後來呢？」

「後來她就把畫具買來了，她好像還很懂，讓我用速乾油調色，還讓我一次完成一幅畫，不能先

晾乾一層再鋪第二層，她說她沒時間等畫晾乾。」梵高的腳已經好多了，他開始邁出大步了，「她就把我帶到樹林外，讓我畫冬日田野風光，再後來，你們就來了⋯⋯」

「行了，我全都知道了，我們這就回去，先去你住的地方。」

「我們不直接去上學嗎？」

「先不去上學。」我看了看梵高，「我說，你就沒想去報警嗎？你剛才可是被綁架了呀。」

「我可以去，但怎麼說呀？說有人迫着我畫一幅沒人要的畫？然後她就放了我。」梵高很是無奈地說，「而且連畫具都是那個人提供的，你不覺得這太奇怪了嗎？」

「哎，你們是會覺得奇怪⋯⋯算了，我們先去你家吧。」我搖搖頭，也很無奈地說。

CHAPTER 8

教授要辦畫展

我看護着梵高，向回走去。愛爾莎跑了，但一定隱藏在哪裏，沒有弄到畫，她是不會回去的。現在梵高其實是處於危險處境之中的，所以剛才我們沒有全部去追。

我和梵高走回去，距離幾百米，我就看見張琳和西恩都站在街上，看到我們回來，他倆立即招手。

「凱文，你判斷得太對了，我們剛才趕過來的時候，愛爾莎已經爬到了二樓上，想砸窗戶進到梵高的房間裏呢。看到的路人全都在叫她下來。」西恩看我們走近，急着說，「貝克先生也聽到喊聲，端着獵槍出來了，他也讓愛爾莎下來。」

「你們出手把愛爾莎趕走了？」我連忙問。

「我們急着衝過來想抓住愛爾莎呢，不過愛爾莎看到貝克先生的獵槍，害怕了，跳下了樓，她正好看到我們，就跑掉了。」張琳很是懊惱地說，「哎，就差一步……」

「她是要爬到我的房間裏嗎？她還想着那些畫？」梵高一臉不解，「送給她好了，為什麼還要爬上二樓呢？」

「不行，不能送。」張琳和西恩一起喊道。

喊聲嚇了梵高一跳。我擺擺手，把剛才梵高告訴我的話又轉述給了張琳和西恩。

「……我想愛爾莎應該是先懷疑了我們的身分，同時她也知道無論是進門搶畫還是爬上樓鑽窗搶畫，都有風險，所以就用了悄悄綁架梵高的辦法，但是這一招也失敗了，所以乾脆跑回來爬樓鑽窗戶了。」我轉述完後，總結地說，「雖然是光天化日，而且她這個行蹤被制止了，但是她終究又跑掉了，她沒有弄到畫，所以之後應該還有行動。」

「你們一直在談論我，可是我都不知道你們在說什麼。」梵高站在我身邊，激動起來。

「你的作品都是藝術瑰寶，有人想搶走我們當然不允許，我們要保護你和你的作品。」我轉身看看梵高，「只能說這麼多了。」

「聽上去不錯，藝術瑰寶，我有時候也這麼覺得，但是沒用。我要是每個月能賣出那麼一、兩幅畫，先不靠弟弟的接濟再說吧。」梵高一副愁眉苦臉的樣子，「哎，也就你們覺得那些畫有價值。」

「我們現在該怎麼辦？愛爾莎跑掉了，我們不能離開他。」張琳指着梵高說，「她連綁架的招數都用上了，說不定什麼時候跑過來又要傷害梵高。」

「絕對不能讓這樣的事情發生。」我看了看四周，又看看梵高，問道，「梵高，你現在想去哪裏？回家嗎？」

「回什麼家？我是學生，我還要去上學，我要

去學校畫畫。」梵高指着學校的方向説。

「這樣吧……西恩，反正你也畫不好畫，你就到梵高的房間去，等着我們回來。我和張琳陪梵高去學校。」我想了想，説道。

「太好了，我發現我現在對畫畫沒興趣了。可惜不能帶手機過來，否則在梵高家裏玩遊戲也不錯……」西恩的確是不想去畫畫，他很是興奮地説。

「保護好梵高的畫。」我特別加重語氣説。

「這個你放心，愛爾莎再來的話，我一定能抓到她。」西恩連連點頭，「剛才我和她交手，我能感覺到，她的攻擊力一般。」

「但是她很狡猾。」我説，「好了，我們去學校了，我想想怎麼能抓住這個愛爾莎。」

梵高先把西恩帶進自己的房間，隨後下了樓，我們和他一起向學校走去。

我們進到教室的時候，威廉教授驚奇地看着我

們。

「嗨，梵高，噢，還有旁聽生，現在馬上就結束上午的課堂了，你們不覺得來得太晚了嗎？」威廉教授喊道。

「我們……出了點小狀況，有個買水果的女人，現在開始打我那些藝術瑰寶，也就是我的那些畫的主意，大概就是這樣……」梵高很是無辜地說。

「你說什麼？有個賣水果的女人要賣你的畫了？」威廉教授比畫着說，「水果生意這麼難嗎？她想賣你的畫來扭虧為盈嗎？」

「轟——」的一聲，在場的學生們都大笑起來。

「有什麼好笑的呢，那個女人就是想賣畫賺大錢。」張琳小聲地說。

「我也不知道具體是怎麼回事，真的，本來我是想來上學的。」梵高說着就求助地看着我。

「發生了一些情況，我們那裏，有個賣水果的女人，也許是想錢想瘋了，今天去威脅梵高……」我連忙解釋說，我對自己這個解釋，還算是滿意。

「好了，別說了，我不想和你們談什麼賣水果的女人，這是皇家美術學院。」威廉教授擺擺手，「馬上坐到自己的座位上去，下午不能再曠課了，今天上午的曠課我已經記下了。三個旁聽生，只來了兩個，這個我就不管，你們愛來不來……」

我們連忙坐到自己的座位上，鄧尼斯看到梵高坐好，把頭伸過來，「我以為你不上課了，我還想看你畫畫呢。」

「誰說的？我要來上課的……」梵高立即說。

張琳看了看鄧尼斯，皺着眉，隨後轉頭看着我，壓低了聲音。

「毒狼集團會不會派兩個傢伙來呀。這個鄧尼斯……線報有可能不是很準確。」

「密切觀察。」我小聲地說，也看了看那個鄧

尼斯。

這一堂課是油畫技法課，梵高繼續畫那幅他沒有完成的畫，這是一幅靜物畫，一組靜物——酒瓶和檸檬，還有一個果盤，都擺在了學生面前。我和張琳把畫布放在畫架上，開始繪製基礎的素描稿。我看着梵高，他很認真地畫着，威廉教授從他身後走過的時候，不停地搖着頭。張琳很不友好地看着鄧尼斯，鄧尼斯則很認真地在那裏畫着靜物。

我們沒畫多長時間，上午的課就結束了，梵高有些不情願地收起畫筆。那個鄧尼斯則和威廉教授小聲説着什麼，過了一會，高個子的辛蒂也湊了過去。

我們的職責就是看顧好梵高，午餐我們請梵高去學校旁邊的一間餐館好好吃了一頓，張琳付賬。梵高非常驚訝我們為什麼「很有錢」，還很關心我們的父母都在哪裏，我們含糊地遮掩過去，這頓飯唯一拒絕的是梵高又想喝酒，張琳堅決不允許。

下午課，先是一位教授給我們講授繪畫理論，最後一節課，我們繼續畫素描，指導我們的還是威廉教授。當然，他對梵高的畫法還是很不讚賞，不過還好沒有再發生言語上的衝突，也許威廉教授已經對梵高不抱任何希望了。他倒是覺得張琳這麼小的年紀，畫得很不錯，還說張琳未來能成為一個大畫家。

「我是不是要轉行了呀？」張琳小聲對我説，「教授説我能當大畫家，我可從來沒這樣想過。」

「好好當你的特種警察。」我也壓低聲音，「我現在就是想，西恩一個人在梵高家裏，看着那些畫，會不會無聊死了。」

梵高在那裏孤獨、忘我地畫着，根本就不顧任何別人的評論。我想他跑到美術學院來上學，應該就是能利用這裏的教具和教學環境，以及能夠觀看到學院裏擁有的大量歷代名畫，就像剛才的繪畫理論課，那個教授可是帶着兩幅一百多年前的名作來

給我們授課的。

　　很快，就要下課了。威廉教授走到了石膏像旁邊，成了焦點。

　　「各位同學，周日下午，在道森路121號的鬱金香畫廊，有我的個人畫展，主要展示我近十年來的作品，所以請大家前往觀展，謝謝大家。」威廉教授面帶微笑，略有得意地宣布道。

　　現場響了一片掌聲，威廉教授連忙很有禮貌地對大家致意。

　　「記住，是道森路121號，周日下午一點開始，大家一定要來呀，小心今後我提問『威廉教授畫展上的那幅《巴黎風光》表現了什麼季節？』你要是答不上來，我可要扣掉你的平時分。」威廉教授說着笑了起來。

　　學生們一片哄笑，就連梵高也笑了，還有那個鄧尼斯，不知道為什麼笑得那麼開心。

CHAPTER 9

鬱金香畫廊

　　終於下課了，我們收拾好畫具，和梵高一起向外走。

　　「威廉教授的畫展，我們都要去看看，特別是還有那個西恩，他一定要去，他畫得那都是什麼呀，外形都不對……」梵高很是興奮地說。

　　「你真要去嗎？」我問道。

　　「那當然，威廉教授的畫，很有水準的，只不過……我們之間的風格不一樣，他又覺得只有他自己的技法和表達才是有前途的方向，但我不這樣認為……教授的畫還是很值得看看的。」梵高很認真地說。

　　「那就去吧，看看大教授的畫。」我點了點頭。

「剛才我們在那間餐館吃飯的時候，餐館有個報架，我看到《安特衞普紀事報》刊登了畫展的廣告，很大的一個廣告呢。」張琳説。

「教授是很有名的，安特衞普皇家美術學院在歐洲都是很有名的學校。」梵高很是誇讚地説道。

「周日就是明天呀。」張琳想了想，「那好吧，就去那個……鬱金香畫廊……」

我們一起回去，西恩在梵高家半天了，屋子裏也沒有遊戲機，沒有電視，我覺得他一定無聊地睡着了。一進門，果然，西恩睡着了。

「愛爾莎來了——」我大喊一聲。

「啊——」西恩猛地從牀上坐起來，神情緊張。

我們都哈哈地笑了起來，西恩看清楚是我們，頓時放鬆了。

「是你們呀，我在這裏可太沒意思了，又不敢出去，哎……」西恩抱怨起來。

「守着那麼多幅世界名畫，你就一張張地看呀。」我説道，「這麼近距離地接觸這些藝術瑰寶，別人哪有這機會呀。」

「看了幾遍了呀，也不能一直在那裏看吧。」西恩説着看了看我們，「你們怎麼樣？愛爾莎有沒有直接衝到教室裏搶人呀？」

「她敢？」張琳説，「你這裏呢？愛爾莎有沒有在這附近出沒呀？」

「沒有，我伸着頭看了好多次外面，沒有看到愛爾莎。」西恩滿不在乎地説，「看見了我就下去抓她。」

「真是搞不懂你們在説什麼，愛爾莎為什麼一定要我的畫？不要再和我説這些畫很值錢了。」梵高説着向外走去，「我去廚房弄些咖啡來。」

「不要去街上——」我們三個一起喊道。

梵高先是嚇了一跳，隨後聳聳肩，走出了房門。

「西恩，今晚你也住在這裏。」我說道，「不會那麼無聊沒趣了，有梵高呢，讓他給你講講繪畫技法……」

「好吧。」西恩一臉的無奈，「不能讓愛爾莎把梵高抓走，也不能讓愛爾莎把牀下那些畫偷走。」

「明天中午，我還有張琳和梵高會去道森路，那裏有威廉教授的個人畫展，我們要去捧場。」我說着頓了頓，「主要是梵高想去捧場。」

「威廉教授，就是和梵高吵嘴的那個教授？」西恩問道。

「就是他，梵高說他其實也很有水準的。」張琳說，「我們跟着去就行了。」

「凱文、張琳，我們今後就在這裏生活下去了嗎？我們現在哪裏是在抓愛爾莎呀？」西恩又開始抱怨了起來。

「愛爾莎一定就在我們周圍，沒看見她不等於

她不存在。」我的語氣很堅決，「如果她覺得機會合適，一定會竄出來的，她在等機會偷畫，我們也在等機會抓她。」

「西恩，就算再無聊也要等下去。」張琳批評地說，「你可別忘了我們的身分。」

「我當然知道，我就是覺得這樣等下去，好像不是個辦法……」西恩說着看了看我，他的眼神很明確，就是在等我的辦法，因為我是小組的分析大師。

我暫時也沒有什麼特別好的辦法，因為我們對愛爾莎的了解太少，我們甚至從沒有想到過毒狼集團會派出愛爾莎前來偷畫，她這個不起眼的身分的確很容易隱藏。

晚餐還是我們請客，張琳訂了很不錯的飯菜，目前我們的能力就是起碼在我們接觸梵高這段時間，給他較好的飲食，不能總是讓他每天都吃麵包和喝咖啡了。

晚上，西恩就住在了梵高家，他睡在地鋪上，一翻身正好能看見梵高牀下的那些未來的世界名畫。至於梵高，他覺得我們成為了他的保鏢，他感到很不適應，但是也很配合。畢竟，他不願意再被愛爾莎給捆綁住了，他感覺愛爾莎精神出了問題，我們是在保護他不受到愛爾莎這個精神有問題的人的傷害。

一夜無事，愛爾莎並沒有前來偷畫。早上，我們帶着早餐來到梵高那裏，吃過早餐，我們就要一起去威廉教授的個人畫展。西恩還是一個人守在梵高家裏。

我們準時來到了鬱金香畫廊，威廉教授穿着非常正式，在門口迎賓，他的胸前還別着一小束花。我們的同學們基本都來了，當然，還有很多社會賢達。威廉教授看到我們三個前來，還是很高興的。

「好好看看我的畫，對你應該有幫助，你會知道什麼是當代繪畫。」威廉教授語重心長地對梵高

説。

「好的，教授。」梵高也變得非常有禮貌。

「教授，簽名簿我又換了一本，來的人可真多呀。」這時，辛蒂從裏面走了出來，他穿着也很正式，胸前也別着一小束花，看到我們，點了點頭，他一定是來給教授幫忙的。

我們走進了鬱金香畫廊，這個畫廊很大，很有氣派。威廉教授的作品懸掛在牆上。他的畫的確很不錯，大多是風景畫，有古典主義的痕跡，也有印象派的特點，和梵高這種後印象主義顯然是有些差別的。

畫廊裏都是人，大家都讚歎威廉教授的傑作。梵高走到第一幅畫前，那是一幅海邊的風景，他認真地看了起來，我和張琳也一起欣賞着那幅畫。

「這是教授前年的作品，是他比較滿意的作品。」一把聲音傳來，那是鄧尼斯的聲音，只見他穿着正式，胸前也別着一束花。

「噢，鄧尼斯。」梵高看見鄧尼斯，雙眼放光，「你來了，噢，你穿得也很正式，你是嘉賓嗎？」

「實際上……這是我家的畫廊，長輩在經營，未來我不去做職業畫家的話，可能就是我來經營了。」鄧尼斯微笑着説。

「你家的畫廊？」我和張琳都很吃驚。

這時，一個畫廊裏的工作人員走來，站到了鄧尼斯身邊。

「少爺，現在就打開後面的門嗎？」工作人員問。

「打開吧，看完畫的人可以去後面花園坐一坐。」鄧尼斯點點頭。

工作人員走了，我和張琳還在那裏看着鄧尼斯。

「我原本在巴黎學畫，不過我在那裏找不到我要的那種感覺。」鄧尼斯解釋説，「所以乾脆回家

來，我就轉到了我們的學校。我對梵高的作品很欣賞，當然，威廉教授的作品我也欣賞，兩人只是創作理念上有些不同而已。」

「你是土生土長的本地人……」張琳情不自禁地說，「我們還誤以為你是……穿越……過來的人呢……」

「什麼？你說什麼？」鄧尼斯一臉疑惑地看着張琳。

「沒什麼，我們還以為你是從別的地方來的人呢。」我連忙說。

「我不是，梵高是，梵高從荷蘭來。」鄧尼斯說。

「知道，這個知道。」我終於放鬆下來，我們確實很提防鄧尼斯是毒狼集團派出的另一個人，儘管線報說毒狼集團只派出了一個穿越者。

梵高非常喜歡繪畫，他可沒怎麼聽我們的，徑直走過去，開始欣賞另外的作品了。

鄧尼斯也去招呼別的觀眾，我們跟在梵高身邊，看着威廉教授的作品，我和張琳也被吸引了，不過我們看得比較慢。

　　「梵高呢？」我走向另一幅畫作的時候，發現梵高不見了，心裏一驚。

　　「那不是嗎？」張琳指了指不遠處。

　　梵高已經在十多米外的地方，欣賞起一件威廉教授的雕塑作品了，我呼出一口氣。畫廊裏，人真的是很多，看來威廉教授很受歡迎。

　　「盯住梵高。」我對張琳説道。

　　「會的。」張琳點點頭，「不過我覺得，愛爾莎不會來這裏吧？」

　　「什麼都有可能。」我繼續説，説完向四周看了看。

　　遠處，一個穿着灰色衣服的背影晃了一下，隨即隱沒在人羣裏，我忽然覺得那個身影有點像愛爾莎，立即走了過去，不過並沒有發現愛爾莎。忽

然，那個身影又出現了，我連忙走過去，張琳感覺我發現了什麼，立即跟上了我。

我走到那個身影的正面，看了一眼，發現那是我們班的一個女同學。我對她笑了笑，她也笑了笑。

「毒狼集團的人詭計多端，這裏是公眾場合，人多複雜。」我小聲地對張琳說道，「要好好看住梵高。」

這時，我看見鄧尼斯正在和梵高說話，我們對鄧尼斯已經放心了，他和梵高正在熱烈地討論着那件雕塑作品。

「我記得你們有三個人，還有一個叫西恩的，就是那個把石膏像畫成猴子的⋯⋯」辛蒂走了過來，對我和張琳說。

「噢，他在家裏，其實他對繪畫的熱情⋯⋯不是那麼高⋯⋯」張琳說着笑了笑。

「噢，明白。」辛蒂點點頭，隨後指着身邊

的一幅畫，「你們看這幅《安特衞普的港口》，畫這幅畫的時候，你們還沒有來，威廉教授是當做示範，向我們全體學生演示了一遍創作過程……」

「是嗎？」我和張琳立即被那幅畫所吸引。

《安特衞普的港口》描繪的是安特衞普港早上的風光，畫法偏重於寫實，非常漂亮。辛蒂眉飛色舞地給我們介紹威廉教授創作時的一些細節。

「啊──啊──」有個女同學，站在畫廊後門那裏，驚叫起來，雖然畫廊裏人聲嘈雜，但是人們説話聲都不是很大，所以驚叫聲還是很明顯。

我和張琳感覺有什麼事發生了，我們衝到後門，後門外是一個小花園。只見梵高拚命扒着花園的小門，愛爾莎穿着灰色的衣服，正在用力把他往外拉。花園的地上，鄧尼斯坐在那裏，掙扎着想爬起來。

我和張琳飛身就衝了出去，張琳一拳就向愛爾莎打去，我隨即飛起一腳，踢向愛爾莎。

看到我們趕來，愛爾莎轉身就跑，她速度很快，衝向一個路口，張琳緊追過去，我也跟着追了過去。

一輛馬車從路口經過，愛爾莎縱身從馬車的車頭衝了過去。等到張琳跑到路口，剛要衝過去的時候，她收住腳步，因為再往前衝就撞在馬車上了。我也收住腳步。

馬車跑了過去，而愛爾莎已經跑出去三百多米遠，我和張琳立即又追過去，愛爾莎轉進了一條小巷子，我們趕過去後，發現靜悄悄的小巷子裏一個人都沒有。

愛爾莎跑了，我和張琳衝進小巷子有幾十米，什麼都看不到，只能無奈地站在巷子裏。

「讓她跑了，我們回去吧。」我說道，「不知道梵高怎麼樣了。」

「啊，梵高那裏不能沒有人看着。」張琳想起了什麼，連忙回走。

我們回到了畫廊，畫廊的小花園裏，梵高和鄧尼斯坐在一張小圓桌後，看上去兩人沒什麼事。十幾個人圍着他倆。

「……就是一個瘋女人，昨天就硬要我給她畫畫……」梵高向身邊的人解釋着。

「剛才怎麼回事？」我擠進人羣，問道。

「抓住了嗎？」梵高看到我們回來，急忙問。

「沒有追上。」我搖搖頭。

「哎……」梵高歎了一口氣，「剛才，我和鄧尼斯到這個花園裏說話，那個瘋女人突然從裏面衝出來，拉着我就走，鄧尼斯去阻止她，被她推倒在地上，然後又拉着我走，還好你們來了。」

「我看見他們在那裏打，就叫了起來。」剛才驚叫的那個女同學說。

「那個瘋女人，力氣太大了，真是沒想到。」鄧尼斯說道，「梵高差點被她拉走。」

「又是想讓我給她畫畫，和我好好說就可以

了⋯⋯」梵高愁眉苦臉地說。

「請你給她畫畫？」女同學看着梵高，「看來她確實瘋了。」

「她可是一點都沒瘋。」我走上前，扶起來梵高，「好了，今天的畫展就看到這裏了，你現在就和我們回去。」

「鄧尼斯，你沒事吧？」張琳關切地問道。

「我很好，不用擔心，就是剛才摔了一下，早就沒事了。」鄧尼斯擺了擺手，說道。

「好的。」張琳點點頭，「那人不會拉走你去畫畫的，她只會拉梵高。」

「為什麼是我？畫畫比我好的人有的是。」梵高痛苦地喊道，「如果她為了錢，威廉教授的畫剛才賣了十幾張，五百法郎一幅呀，我的畫五法郎都沒人買，畫框都要十法郎呢⋯⋯」

CHAPTER 10

給梵高辦畫展

　　我們到了畫具店門口，門口那張廣告海報應該是畫在一張布上的，廣告海報的一角被風吹得微微掀起。貝克先生就站在門口，看到我們回來，梵高愁眉苦臉，他也一臉驚異。

　　「被學校開除了？」貝克先生問。

　　「沒有。」梵高叫了起來，「對面那個賣水果的瘋子，總是想把我抓去畫畫。」

　　「啊？又是她？怎麼會有這樣的人。」貝克先生無奈地說。

　　我們上了樓，推開梵高房間的門，西恩正在無聊地把一團紙用籃球投籃的方式，向幾米外的一個紙簍裏扔，看到我們回來，他興奮起來。

　　「你們可算是回來了，梵高，你怎麼看起來不

高興？」

「我們都不高興。」張琳說，「剛才，就那麼兩分鐘沒看住，愛爾莎又趁機綁架梵高，被我們發現了，但是沒追上愛爾莎。」

「她又來了？」西恩驚叫起來，「她無時無刻都存在呀。」

「就在我們身邊，也許現在正在哪裏偷着向我們這邊看呢。」張琳說着走到窗邊，向外面望去，「沒辦法呀，現在她在暗處，我們在明處。」

「今後我出門，身上就披着幾張畫，遇到愛爾莎直接送給她。」梵高忽然激動地說。

「不行——」我們三個一起說，梵高被嚇了一跳。

「那怎麼辦？」梵高還是有些激動，「我把牀底下的畫都扔到樓下去，讓那個愛爾莎來拿走，這下她應該滿意了吧。」

「這樣她倒不敢來了，她一定會以為我們等在

樓上抓她呢。」我勸說道。

「梵高，不用這麼消極，我們會有辦法的。」張琳也在一邊勸道。

「你們等着，我這就下樓去，愛爾莎一定在周圍盯着我們呢，看我不打斷她的腿。」西恩有些暴躁地說，說着真的向外走去。

「西恩。」張琳一把拉住了西恩，「你去哪裏找愛爾莎？就算她在外面，看到你出來也一定躲起來了。」

「哇，那怎麼辦？這樣我們也太被動了。」西恩揮舞着手臂，很是激動。

西恩說得沒錯，情況看起來的確有些被動，我們在明處，愛爾莎躲在暗處，看準機會就會出來偷襲。而我們不可能永遠跟隨着梵高，今天在鬱金香畫廊，要不是那個女同學看見愛爾莎綁架梵高發出驚叫，梵高就被愛爾莎綁架走了。

我走到窗邊，看着外面走動的人，此時這條街

道比較熱鬧，愛爾莎應該就躲在周圍的某個角落等機會。

窗下，一個穿着灰色衣服的女人走過，我心裏一驚，剛才愛爾莎就穿着一身灰色的衣服。不過隨即我就安心了，那個女人在招呼一個孩子，那孩子慢慢地跑向她，她抱起孩子，走開了。她一定不是愛爾莎。

一瞬間，一個想法出現在了我的腦海裏。張琳他們仍在爭論着下一步的打算，我則飛快地整理着思路，我感覺找到了一個比較好的辦法。

「給梵高辦個畫展吧——」我奪口而出，隨後看着他們。

張琳他們還在繼續爭執着，因為他們的聲音太大，我的聲音有點小，所以他們沒有聽到我的聲音。

「給梵高辦個畫展吧——」我放大了聲音，打斷了他們的爭執。

這下，他們聽到了我的話，我的話一定是震驚了他們，他們全都愣愣地看向我，他們的臉上全都寫滿了問號。

「我是說，我們給梵高辦一個畫展，其實是展出我們三個作品，愛爾莎聞訊一定會來，她會偷畫，我們正好抓住她。」我略微詳細地解釋着。

「什麼是給梵高舉辦畫展，展出我們三個的作品？」張琳大聲地問，「凱文，這到底是什麼思維？」

「我說得再清楚些。」我比畫着說，「我們舉辦一個梵高畫展，把梵高的畫都掛出去，還要把這個消息散播出去，愛爾莎會知道，那她一定會來這個畫展偷畫，她不就是想得到梵高的一幅畫嗎？那麼我們的機會也就來了，我們正好抓住她。」

「到底是梵高的畫展，還是西恩的畫展？為什麼梵高的畫展展出的是我們的畫？」西恩質疑道。

「對，雖然舉辦畫展都是我做夢時才想到的，

但是即便是這樣，梵高畫展為什麼要展出你們的作品？」梵高説着指着西恩，「他把石膏人像畫成猴子，憑什麼展出？」

「我那是現代派風格，是畢卡索的風格。」西恩很不高興，「你不懂的……」

「畢卡索還有風格？一個賣酒的。」梵高揮着手説，「往酒裏兑水就是他的風格……」

「你説的是哪個畢卡索？什麼賣酒的？」西恩連忙問。

「荷蘭紐南的畢卡索呀，我在那裏住過，畢卡索有個酒舖……」

「哇，哇，我説的是大畫家畢卡索……」

「我怎麼沒聽説過這個人？」

「因為這個人現在才五歲。」我擺了擺手，「你們不要吵了，我們現在要討論的是梵高畫展的事。」

「就是我的畫展呀？為什麼展出的是西恩畫的

猴子？」梵高不依不饒地問。

「聽着，是這樣的。」我努力讓自己更加平靜，「愛爾莎的目的就是想弄到你的一幅畫，我們一點機會都不能給她，萬一我們沒有抓到她，她終究有可能弄走你的一幅畫。如果畫展上展出我們的畫，那麼即便讓她帶着一幅畫走，也是我們的畫，稍微一鑒定就知道了，我這是最保險的做法。」

我的話說完，梵高用一副略為複雜的表情看着我。

「我的畫就那麼重要？」梵高第一個説道，「要用石膏猴子像來替代？」

「非常重要。」我看看梵高，「相信我，也要相信你自己的藝術，無可估量的藝術。」

「照你這樣説，愛爾莎還很有眼光嗎？」梵高又問道。

「凱文，我完全明白你的意思了，你這個計劃是確保萬無一失。」張琳也不管我是否回答梵高，

有些激動地說，「舉辦一個梵高畫展，上面都是梵高的畫，愛爾莎不會放過這個機會的。」

「我也明白了。」西恩點了點頭，「我們也去鬱金香畫廊，威廉教授的畫展結束後下一個就是梵高畫展……」

「在畫廊裏給梵高舉辦畫展，我們沒那麼多錢。而且梵高突然就能在畫廊裏舉辦畫展，愛爾莎也不會相信。」我擺了擺手，「梵高剛才的話，啟發了我，他說把畫扔下樓，這當然不行，但是我們可以在樓下的街邊舉辦畫展，沿街擺上十幾幅畫，不要一分錢，這也符合梵高窮學生的身分。」

「這樣很好。對愛爾莎來說，她一定會來，只要搶走一幅畫，她就完成任務了，也不用綁架梵高，弄出那麼大動靜了。」張琳眉飛色舞地說。

「我明白了，你們就是想利用我的畫展，把愛爾莎吸引來。」梵高的表情比剛才更加複雜了，他想了想，「其實和真的給我舉辦畫展無關……好

吧，只要能抓到愛爾莎，不讓她總是想綁架我，這樣也行，不過……你們真的不需要在我的畫展上掛上一張我的畫嗎？」

「一張也不要。」我肯定地說，「這次主要是把愛爾莎給抓出來。」

「那我們什麼時候舉辦梵高畫展呢？」西恩急着問，「真想馬上舉辦，馬上把愛爾莎給抓到。」

「接下來的步驟是這樣的。」我說，「首先我們要畫十幾幅畫，到時候全部掛在美術用品店旁邊的街道的牆壁上。最重要的，是我們要去宣傳即將舉辦的梵高畫展，愛爾莎會在暗地裏觀察到我們真在為梵高舉辦一次畫展。」

「怎麼宣傳呢？」張琳問道。

「威廉教授的畫展在報紙上做廣告，梵高是窮學生，不可能這樣。」我說，「我們可以自己寫一些廣告去張貼，關鍵是讓愛爾莎看見，這樣她就能來偷畫了，她只要出來，我們才有機會。」

「愛爾莎看到我們在幫梵高舉辦畫展，不會起疑心嗎？她能出來偷畫嗎？」張琳忽然有些憂心地問。

「剛才我們一直和梵高在畫廊，愛爾莎也知道，但是她還是找機會去綁架梵高。」我耐心地說，「我們急着抓到愛爾莎，她也急着弄到一幅梵高的畫回去，可以說她比我們還着急，所以她只要知道十幾張畫掛在街邊，一定會出來，到時候我們假裝放鬆警惕，送給她一個機會，她就會出來。」

「嗯，我明白了。愛爾莎確實很着急，也敢於冒險，剛才在畫廊她看準我們短暫和梵高分開，就動手了。」張琳說，「凱文，就按你這個計劃行動。」

「那我們就開始吧。早點開畫展，早點把愛爾莎抓住。」西恩跟着說。

「雖然你們說的一半我都不明白是什麼意思，但是早點抓住愛爾莎我聽懂了，我不想再被她綁架

了。」梵高很是堅決地說。

「我們先要畫十幾張畫，就在這間屋子裏畫，畫什麼呢？就畫牀底下那些畫，我們對着畫下來，梵高來指導，看上去是梵高的風格，其實是我們畫的。」我比畫着說，「下面就是美術用品店，所以畫布、畫框、顏料都不是問題……」

說幹就幹，兵貴神速。張琳和西恩跑下樓，買了十幾個繃好了內框的畫布上來，還有畫架、畫筆和顏料。我和梵高把牀底下那些畫拿出來，先挑選了三幅，張琳和西恩上來後，我們就先對着這三幅畫開始了「創作」。

我畫的是一束花，張琳畫的是街景，西恩畫的是人物。按照西恩一貫的風格，梵高把人物又畫成了一隻猴子，梵高很是暴躁，因為那個人物就是梵高自己，那是他的自畫像。生氣之餘，梵高親自動手改了一些地方，那幅畫才略微有了人形。

我們飛速地畫着，我們並不是要畫得很像，

只要外形有個樣子即可，這樣就能把愛爾莎給吸引來。

「……這樣寫行不行？」梵高給西恩改完畫，開始構思畫展廣告，「『梵高露天畫展，於周六下午四點在伊馬日路194號貝克美術用品商店旁街道舉辦，歡迎各位愛好美術人士參觀……』」

「定位準確，露天畫展。」我很是感慨地説，「那麼，張貼廣告你來寫吧，這樣起碼你的畫展廣告是你自己寫的。」

「我們這樣做，會不會有一種欺騙的感覺，比如説有觀眾看到畫展廣告，前來觀展，結果是我們三個的畫。」張琳忽然説道。

「你想多了，梵高的畫作送人都不要，除了愛爾莎。」西恩滿不在乎地説道，「根本就不會有一個人來看的，我們只要把愛爾莎這一個觀眾吸引來就行。」

「雖然你説的是事實……」梵高看看西恩，

「但是真是讓人感到很不舒服呀。」

　　下午到晚上的時間，我們各完成了一幅畫，其餘的畫我們準備接下來幾天完成，反正「畫展」的開幕時間是下周六，時間上完全沒有問題。

　　晚上，西恩還是住在梵高這裏，我和張琳則回到了對面租住的地方。第二天是周日，我們來到了梵高家，他已經寫好了二十幾張廣告紙，西恩則在梵高的指導下，完成另一幅作品了。

　　星期一早上，我和張琳像是保鏢一樣，一左一右地走在梵高身邊，去往學校。我們三個都確認，愛爾莎一定跟蹤着我們，但是我們無法發現她的蹤跡。我們就想愛爾莎跟着，到了校門口以後，梵高親自在學校的門柱上貼了一張廣告紙。

　　「……露天畫展……」辛蒂站在了梵高的身後，看着那張廣告紙，「嗨，梵高，你也要舉辦畫展嗎？還是露天畫展……」

　　「不重要，你不用來。」梵高説道，「同學們

也都不用來……」

「不用來你貼廣告幹什麼？」辛蒂沒好氣地問。

「啊，這個，同學們都看過梵高的畫了，所以他希望沒看過的人來。」張琳吃力地解釋，「不知道這個答案你滿不滿意？」

「我滿意？」辛蒂疑惑地看着張琳，「又不是我辦畫展，要我滿意幹什麼……」

辛蒂有些生氣地走了。我們三個倒是無所謂，張琳在旁邊的柱子上又貼了一張。

我們到了教室，這一天我們按時上課學習。放學後，我們在回家的路上又貼了幾張廣告。到了梵高家，西恩正在作畫。

「嗨，你們回來了。我已經完成了一幅世界名作，這張世界名作也馬上就要完成了。」西恩眉飛色舞地説，「我覺得這個展覽都可以叫西恩畫展了，當然和梵高畫展一樣，都不會有什麼人來

看。」

　　「雖然是事實，但是這話真的讓我感到很不舒服。」梵高在一邊説，他指了指西恩的畫，「我畫的是花瓶裏的花，你在照抄我的畫，可是你這是什麼，是幾個氣球插在花瓶裏嗎？」

　　「噢，你説的是事實，確實像氣球，但這話真的讓我感到很不舒服。」西恩晃着頭説。

　　接下來的幾天，我們完成了十幾幅作品，當然其中大多數是西恩畫的，梵高對實在看不過去的地方，進行了一些修改，這樣，這些畫也有梵高創作的份了。我拿起筆，在每一幅畫的左下角，都畫了幾筆，梵高不解其意，問我畫的是什麼。

　　「防偽標記，我們的特殊記號。」我笑了笑，身邊的張琳和西恩也笑了起來，「證明是我們畫的，不是你畫的。」

　　「這方方塊塊的⋯⋯」

　　「你就不用多問了，等着畫展開展吧。」我打

斷了梵高的話，說道。

　　接下來的幾天，我們正常上課，下課回家的時候，去貼畫展的廣告。貝克先生在美術用品店門口看到了我們的廣告，在我們回梵高的房間，經過美術用品店走廊時，他攔住了我們。

　　「我覺得梵高的畫，就掛在我的店門左邊，沿着我的店的廣告布排開，這樣人們看完梵高的畫，順便看看我的店的廣告，進來買點什麼。」貝克認真地說，「為此，我提供贊助，當天的晚餐……」

　　「噢，貝克先生，真是太謝謝了，前幾天買畫具你都是半價給我們的。」梵高激動地說，「晚餐有酒嗎？」

　　「沒有，你少喝酒。」貝克先生說，他看看我和張琳，「梵高對藝術真是執着追求，未來潛力無限，這次是露天畫展，今後一定能在室內舉辦畫展的。」

　　「就是這種潛力嗎？」張琳苦笑起來，「搬到

室內舉辦畫展，我們現在就可以在梵高的房間裏舉辦畫展，算是室內吧。」

「我是說，一步一步來，先是露天畫展，然後在室內舉辦畫展，然後去美術館舉辦畫展。」貝克先生擺擺手，「這次其實可以在我這個美術用品店舉辦畫展，不知道你們為什麼要在外面，萬一下雨呢。」

「你這裏這麼小，還有兩隻大狗，愛爾莎不敢進來……」西恩的聲音傳來，他扶着樓梯，大概是聽到我們的聲音從樓上跑下來的。

「什麼愛爾莎？」貝克先生問道，他瞪着西恩，「不去上學的孩子，天天躲在梵高房間的孩子，畫什麼都不像的孩子……」

「我畫什麼都不像你也知道？」西恩驚異地看看貝克先生，不過他向我們招了招手，「你們快來——」

我們上到樓上，西恩略有緊張地關上了門。

「我一直等着你們回來，望眼欲穿，剛才我在窗戶看你們的時候，發現愛爾莎……應該就是她，小心地跟在你們身後。」西恩比畫着說，「就在那邊的轉角。」

「那還不下去抓？」張琳着急了。

「後來忽然不見了。」西恩連忙說，「我也想去抓呀，忽然不見了，怎麼抓？」

「一定是在跟着我們，確切說是跟着梵高。」我看看顯然害怕起來的梵高，「這也是好事，梵高，你別緊張，我們保護你……這說明，我們貼的廣告，愛爾莎一定看到了。」

「我沒法不緊張，儘管我知道你們比愛爾莎還厲害。」梵高臉色沉重地說。

CHAPTER 11

海報背面的名畫

　　周六下午，西恩……梵高的畫展終於開幕了。這天下午學校早早就放學了，我們回來後，把十幾張畫一一掛在了美術用品店左邊的牆壁上，畫展就正式開始了。

　　不知道西恩從哪裏弄來了幾朵花，他把花別在我們的衣服上。看着從街邊走過的行人，西恩表現得很有禮貌。

　　「歡迎光臨梵高畫展，這位尊敬的來賓，請放下你的菜籃子，欣賞一下梵高先生的作品……」西恩看着一位路過的女士。

　　「我只是路過，我要回去做飯了。」那位女士說完頭也不回地走了。

　　「就看一眼，看這幅花瓶裏的氣球……」西恩

追着那位女士説。

　　沒人關注這個「畫展」，路過的行人都匆匆走過，美術學院的那些同學，除了鄧尼斯，誰都沒有來。不過鄧尼斯來了以後，很快就發現那些畫不是梵高畫的，還特別詢問梵高是否改變了風格。

　　「我都告訴你了，不用來。」梵高把鄧尼斯拉到一邊，小聲地説，「這都是要把上次綁架我的那個女人引出來，這都不是我畫的，最多算是我改的。」

　　鄧尼斯一臉疑惑地走了。按照計劃，我們在街邊賣力地向路人推薦了畫展作品後，沒什麼人搭理我們。西恩有些垂頭喪氣地走了，他回到了街對面我們租的房間。

　　張琳過了一會也走了，她回到了對面的房間。我和梵高在路邊又推薦了一會，依舊沒什麼人理睬我們，連駐足看一下的人都沒有。畫展開始後，我們一直故意擠在美術用品店門口，就是留給愛爾莎

偷畫的機會，但是她一直沒來。

又過了一會，梵高也走進了美術用品店。

「看一看，機會難得呀，梵高作品展呀——」我大聲地喊起來，邊說邊向兩邊看着，我希望能發現愛爾莎的身影，我的喊話也是喊給她聽的，「充滿表現力的作品呀——」

我的喊聲沒有吸引人駐足欣賞畫作，倒是吸引了一些行人好奇地看着我。已經是傍晚了，再過一會，天就會暗下來，露天畫展也就要結束了。

愛爾莎還是沒有來，我已經開始考慮這個計劃是否有什麼瑕疵，不能把愛爾莎引出來。張琳從對面的房間走出來，站到我身邊。

「可能不行呀。」張琳小聲地說，「我在樓上觀察了半天，根本就沒有愛爾莎的影子，她大概不會來了。」

「再搏一下，也許她在等待最後的機會。」我想了想，隨後看了看牆上那些畫，「你們還是在對

面等，我這就回去，這條街讓給愛爾莎。」

張琳點點頭，回去了。我又站了幾分鐘，轉身走進了美術用品店。

「你也回來了？外面沒人了。」梵高就在美術用品店裏坐着，看到我進來，連忙站起來。

「讓愛爾莎放心大膽地來。」我說道，隨後向樓上走去，「我到樓上觀察……」

「你們在等什麼人嗎？」貝克先生在櫃枱後，問道。

「也許一會你就能見到。」我說着走到走廊盡頭，開始上樓梯。

「凱文，凱文……」張琳的聲音突然從我的手錶裏傳來，她的聲音有些發顫，「有個女人，低着頭，戴着綠色的頭巾，看不清樣子，推着一個兒童車，正在走來，我看像是愛爾莎。」

「好的，你們按計劃就位。」我說着就向樓上跑去，「隨時聯絡……」

我衝進房間，來到窗邊，我站在窗簾後，用窗簾當掩護，小心地向樓下看去。

　　外面的街上，行人已經稀少了。我耐心地等待着，這時，一個戴着綠頭巾的女人，推着一輛那個年代的兒童車，慢慢地在樓下走過。

　　那些畫掛在窗下街邊，那個女人步履緩慢，她推着車向前走，走過窗戶後，我小心地把窗戶打開一道縫，伸出頭去，看着那個女人的行蹤，從她的步伐看，很像是愛爾莎。

　　那人緩緩地走過那些畫，我緊緊地盯着她。此時，天色已經發暗了，因為是冬日，街上行人更少了。那女人好像沒有一絲想要拿走畫的意思，只是在那裏慢慢走着，完全是一個路過的人的狀態。

　　我很有些失望，不禁向別的地方看了看，希望能看到愛爾莎。這時，那個女人經過最後一張畫，只見她停住了車，突然走到牆邊，飛快地摘下最後那張畫，放到車裏，推着車跑了起來。

我打開窗戶，縱身一躍，跳出窗外，追了上去。

「愛爾莎——你跑不了——」

愛爾莎聽到我的喊聲，嚇了一跳，她抓起那張畫，飛奔起來。她向前跑了十幾米，突然，旁邊的房頂上，跳下來一個人，那正是西恩。

西恩攔在了愛爾莎的面前，愛爾莎轉身向後跑來，我連忙阻攔，愛爾莎靈活地繞過我，開始狂奔，她剛跑到美術用品店門口，對面，張琳站在了街道中間，她的手裏還拿着霹靂劍。

愛爾莎愣愣地站住了，她往左走了兩步，想繞過張琳，但是張琳也跟着向左走了兩步，阻攔着愛爾莎。

「愛爾莎，不要跑了。」我走到愛爾莎的身後，突然有些輕鬆地説，「我可是為你好，愛爾莎，你看看你拿走的畫，是梵高畫的嗎？你看看左下角，是不是畫着一部手機？」

「啊？」愛爾莎愣了一下，隨即把畫轉過來，看着畫面的左下角。那個位置，的確畫着一部手機，手機上還畫着網絡訊號的標記呢，所有的手機，都是我畫上去的，「你們、你們耍我……」

「你把畫拿回去，你的老闆要罵死你的，所以說我都是為你好。」我有些嘲弄地説，「你還是束手就擒吧。」

愛爾莎大喊了一聲，把畫重重地砸向張琳，張琳用劍一挑，那張畫掉在地上。

愛爾莎猛衝上去，張琳揮劍就刺，愛爾莎連忙躲避。看她仍想逃跑，我和西恩也衝上去，揮拳就打。

愛爾莎慌忙躲避。這時，美術用品店的門開了，梵高從裏面走了出來。

「又打起來了，有什麼事可以商量。」梵高走過來，像是要勸阻我們，「愛爾莎，你為什麼綁架我……」

愛爾莎看到梵高走來，發現了機會並衝過去，一把抓住梵高，隨後用一隻手卡住梵高的脖子。

「你們不要過來，否則我就……」愛爾莎兇悍威脅道。

「噢，又是這招。」張琳很是無奈地説，「梵高，你為什麼要出來？」

愛爾莎背對着美術用品店的門，這時，美術用品店的門開了，兩條大狗圖圖和庫庫一起衝了出來，貝爾先生端着獵槍也走了出來。

圖圖和庫庫一起站起來，前爪搭在愛爾莎的肩膀上，愛爾莎轉頭一看，驚叫起來，梵高趁機逃到我們身後。

「饒命呀——我從小就怕狗——」愛爾莎顫抖着大叫起來，「我、我已經放開梵高了，不要叫狗咬我呀——」

「你怎麼總是綁架梵高？」貝克先生端着獵槍，向前走了兩步，「我聽説你還迫着梵高給你畫

畫。」

「我錯了，我再也不綁架梵高了，不要讓狗咬我——」愛爾莎大叫着。

貝克先生把圖圖和庫庫叫住，張琳衝過去，一把就抓住了愛爾莎，西恩找來一根繩子，捆住了她。

「為什麼綁架我？還迫着我畫畫。」梵高衝上來，大聲地質問。

「好了，好了，一切都結束了。」我拉住了梵高，「再也不會有人綁架你了，我們回帶走她，永遠離開這裏。」

「噢，你們要走了嗎？」梵高很是不捨地說，「你們去哪裏呢？我的朋友們。」

「去我們該去的地方。」張琳說着，從口袋裏掏出所有的錢，塞給了梵高，「拿着，不要總是吃麵包和喝咖啡，買些蔬菜和肉，但是不要喝酒。」

「你們要走了嗎？梵高的小朋友們？你們雖然

有些怪，但都是好孩子。」貝克先生説道，突然，他指了指牆上那些畫，「噢，那些畫，你們也帶走嗎？聽梵高説其實不是他畫的，我看也不是，有一張畫上的人像和猴子差不多。」

「那些畫，帶不走了，你們隨便處理吧。」我看了看牆上掛着的那些畫，説道。

愛爾莎很是懊惱地看了看那些畫，隨後低下了頭。

「簡單問幾句，你就是毒狼集團派來的吧？」我看看愛爾莎。

「知道還問。」愛爾莎沒好氣地説。

「你找到了梵高家，為什麼不溜上去或者爬窗戶偷畫呢？」我又問道，「那不是更方便嗎？」

「我説過了，我從小就怕狗。」愛爾莎説，「從正門進去，就要經過美術用品店，那裏面有兩隻大狗，兩隻站起來半人高的狗呀。雖然我有超能力，但萬一打起來，心裏也害怕。爬窗戶進去也不

行，晚上梵高就回來了，白天街道兩邊都是人，我試過一次，不是被大家趕走了嗎？」

「明白了。」我點了點頭。

忽然，一陣大風吹過，牆上的畫被吹掉幾張。美術用品店門口那塊廣告海報也被吹得飛了起來，貝克先生不去管那些掉在地上的畫，衝過去把廣告海報拾了回來。

「這是梵高親自給我做的，我再釘結實點。」貝克先生說道。

「另一面，有畫呢，好像是一座大橋。」張琳看着那張廣告布問。

「是我畫的《安特衛普的橋》，我把布反過來，畫了一些畫具，寫了廣告詞，然後釘在門口了。」梵高隨口說。

「什麼，這張畫一直釘在門口？」愛爾莎大叫起來。

「是呀。」梵高和貝克先生一起說。

「啊——啊——」愛爾莎喊了起來，「我還花了那麼多心思，結果門口一直有一張畫呀。」

的確，我們都不知道，美術用品店門口的廣告海報背面就是梵高的名作之一《安特衛普的橋》，如果知道，晚上甚至白天扯走這塊海報太容易了。

我們告別了梵高，告別了貝克先生，沿着街道一直向前走去，張琳和西恩一左一右，押着垂頭喪氣的愛爾莎。我們走到了城市北端，來到一片無人的麥田。

「好了，我們可以穿越回去了。」説着，我堅定地看了看兩個伙伴，我們又一次完成了任務。

時空調查科 12
薔保梵高名畫

作　　者：關景峰
繪　　圖：Mimi Szeto
責任編輯：黃稔茵
美術設計：李成宇
出　　版：新雅文化事業有限公司
　　　　　香港英皇道499號北角工業大廈18樓
　　　　　電話：（852）2138 7998
　　　　　傳真：（852）2597 4003
　　　　　網址：http://www.sunya.com.hk
　　　　　電郵：marketing@sunya.com.hk
發　　行：香港聯合書刊物流有限公司
　　　　　香港荃灣德士古道220-248號荃灣工業中心16樓
　　　　　電話：（852）2150 2100
　　　　　傳真：（852）2407 3062
　　　　　電郵：info@suplogistics.com.hk
印　　刷：中華商務彩色印刷有限公司
　　　　　香港新界大埔汀麗路36號
版　　次：二〇二二年六月初版

ISBN : 978-962-08-8041-4